青年の完璧な幸福

片岡義男短編小説集

スイッチ・パブリッシング

青年の完璧な幸福　目次

装画　タダジュン
装幀　緒方修一

青年の完璧な幸福

アイスキャンディは小説になるか

地下鉄の銀座駅から地上へ出た橋本哲郎は、待ち合わせの喫茶店まで意味はなく歩数を数えた。店のドアの前まで五十八歩だった。ドアのすぐ内側にいたウェイトレスがドアを開けてくれた。待ち合わせの相手である西条は、いちばん奥の席にいた。夏のスーツに淡いブルーのシャツ、そしてゆるめた黒い色のニットのタイ。壁を背にした彼は、いつものとおり煙草を喫っていた。歩いて来る橋本を目にとめた西条は、唇から指のあいだへと煙草を移した右手を、軽く上げた。低いテーブルをはさんで彼と差し向かいにすわりながら、壁の高いところにある電気時計を橋本は見た。分針がひと刻み動いて、午前十一時四十五分だった。

「すまないね、こんな時間に」

西条が言った。橋本より三歳だけ年上の、週刊誌の編集者だ。その週刊誌の編集部は活版とグラビアのふたつのセクションに分かれていた。活版とは活字による記事ページの総称だ。西条は主として活版を担当していた。記事のために編集者が取材した原稿を、記事のかたちへと最終的に文章としてまとめるアンカーの仕事を、二十六歳の橋本はフリーランスで請け負っていた。活版の中心は特集記事だ。七ページと五ページの記事がかならず毎週ひとつずつあり、さらに四ページの記事がふたつないしは三つあった。

「急遽きみに頼みたいのは、五ページの記事なんだよ。どうと言うほどのものでもなく、簡単なものだ。アンカーは榊原さんなのだけど、今朝、静岡の実家へ帰ったんだ。親父さんが危篤だそうだ。電話で伝えたとおり、代役を頼む。いまうちの記者が取材中で、その原稿は明日の夕方には渡せるそうだ。原田が担当なので、やっこさんに連絡を取って、受け取ってくれ。もちろん、連絡は俺でもいい。締切りは次の日、つまり明後日の夕方。掲載は一九六六年九月十二日号」

ウェイトレスが水のグラスをテーブルへ持って来た。橋本はコーヒーを注文した。煙草を丁寧に灰皿に消した西条は、シャツの胸ポケットにある箱からさらに一本、指先でつまみ出した。

「朝帰りの二日酔いだよ」

苦笑とともに西条が言った。かたぎとは言いがたい雰囲気の、微妙に崩れた魅力が、こんなときの西条にはあった。

「さっきの俺の電話で、背景に女の声が聞こえただろう」

「なにか叫んでたね」

「夕方までいっしょにいろと言うんだ。ふたりで泊まったホテルの部屋にさ。昨夜は店に看板までいて、彼女と軽く夕食をすませたあと、ホテルに部屋を取った。ロンドンへいってた男のおみやげのジョニ黒を俺は持ってたから、それをふたりで空けた。ツインのベッドにそれぞれ部屋の浴衣であぐらをかいて、くだらない話をしながら。そういう時間が妙に面白い女さ。今朝は十時半に起きて、ルーム・サーヴィスでハム・エッグとトーストをふたりで食った。夕方までひと寝入りするから、この俺にいっしょにいろと言い張る。五時に美容院へいき、七時に蕎麦を食って、いっしょに店へいけとまで言う。同伴出勤だよ。そんなことをしたら、昨日からずっとふたりだけでいることになる。ごめんだよ、それは」

そう言って西条は笑った。そして持っていた煙草を唇にくわえた。

「そう言えば」

と、西条は言った。くわえた煙草の先端が、言葉につれて小さく上下した。

「榊原さんは、今度も最終選考に残ったそうだ」

西条はライターで煙草に火をつけた。煙を吐き出し、その煙ごしに橋本を見た。橋本とおなじフリーランスのアンカーである榊原は、作家を志している男だ。文芸雑誌の新人賞に、短編小説を毎年かならず、応募していた。橋本も当人からその話を聞いたことがあった。最終選考とは、その新人賞の審査のことだ。

「榊原さんはもう三十代の後半だからな。このあたりでなんとかしないと」

吐き出す煙とともにそう言った西条は、

「橋本哲郎は小説を書くつもりはないのかい」

と、訊いた。

「なくはないよ」

というのが橋本の返答だった。

「榊原さんが同人雑誌に載せた短編を、読んでくれと言われて読んだことがある」

「どうだった？」

「いじいじしたところがあるね。読んでるあいだずっと、それが気になる。それに、日常のつまらない言葉や言いかたを、そのまま地の文のなかで使うんだ。下町のごみごみした一角、というような。しかも描かれているその場所は、下町ではないんだよ」

「いけないねえ」

「困るよなぁ」

「向島とか京島とか、あのあたりを舞台にした話が多いみたいだ」

「佃島に住んでると言ってたかな」

「そう、佃島。俺が読んだのは、佃島のアパートの話だった。橋本も書けよ。あらゆるものからすっきりと距離を取って、ハードボイルドな視線で人をとらえた小説を」

西条との話はさらにしばらく続いた。そしてふたりで喫茶店を出て別れ、橋本はイエナの前からタクシーに乗った。神保町の喫茶店で待ち合わせの約束があった。有楽町から電車で神田へ、そして神田で乗り換えてお茶の水、そしてそこから駿河台下へと坂を下って、などとやっているとかならずや遅刻だ。

駿河台下でタクシーを降りたとき、約束の時間の五分前だった。待ち合わせの場所である、裏通りの名曲喫茶に入った。中二階の片隅の席へ向かう待ち合わせの相手の背中を、橋本は見た。橋本より二十歳近く年上の藤山という編集者だ。小さな雑誌の編集長をしている。明らかに文芸的な傾きはあるけれど、面白い記事、愉快な文章、思わず笑ってしまうコラムなど、藤山の目にかなうかぎり、なんでも掲載するという方針だ。真剣な注目を集める雑誌ではないが、熱心な読者は多い。その雑誌に、橋本はこれまでに何度か、短い文章を書いたことがあった。

「来年の一月号からの連載を引き受けてくれ」

隅の席に向き合ってすわり、依頼ではなく命令の口調で、藤山は言った。ムソルグスキーの『展覧会の絵』のLPが、店内に再生されていた。藤山が続けて語る言葉を、その音楽に重ねて橋本は受けとめた。

四百字詰めの原稿用紙で十五枚。読み切りだがなんらかの連続性は欲しい。書き手の個性が好ましいかたちであらわれつつも、それが読者の気持ちを邪魔したりしないこと。いわゆる記事ではなく、物語として発想し組み立てられた文章、つまりごく短い短編小説として読めるものでありたい。意外にも色気の要素が少ない雑誌だから、毎回の連続性は作中にあらわれる女性が作り出すといいかもしれない。毎回、違った女性が登場し、彼女の魅力の物語が、掌編の読み切りで続いていく。そして書き手の視点はいまのきみだ。というようなことを、若い橋本を相手に編集長は語った。

「難しいですね」

橋本が言った。

「難しいと思ってもらえるなら、頼みがいがあるというものさ。おやすいご用だ、と思われたら困るんだ」

「はあ」

「毎回、ひとりの魅力的な女性が登場する。その彼女の、もっとも魅力的な側面を、短編として書けばいい。ふとした、なにげない短編」

「それを僕が書くのですか」

「きみだよ」

「中年のかたのほうが、いいのではないでしょうか」

橋本の言葉に藤山は首を振った。

「いまの話が欲しいんだ。だからこそ、うちの雑誌に文章を書いている人たちのなかで、いちばん若いきみに頼んでいる。いまは一九六六年だから、きみが言う中年のかたが、たとえばこの僕だとすると、戦前から戦争中にかけて培われた感受性で、ものを書くことになる。書くのは勝手だけれど、うちの雑誌には、いらない」

「はあ」

と、ふたたび橋本は言った。

「引き受けろ」

「書きます」

「きみはお昼は食べたか」

「まだです」

「なにか食おう」

喫茶店のある裏通りから靖国通りに出たふたりは、交差点を渡って三省堂に入り、そこの食堂の客となった。昼食の客が引き始める時間だった。小さな窓ごしに路地を見ることの出来る席で、ふたりは差し向かいとなった。橋本はポテト・サラダとポーク・チャップ、そして茹でた人参の小皿にロールパンとコーヒーを注文した。ふたりの料理はやがてテーブル・クロスの上にならんだ。昼食のあいだずっと、橋本は藤山の言うことを受けとめ続けた。

「今年の夏も終わっていくね。夏はかならず終わる。きみも私立大学の文科系を卒業して、就職はしたものの三か月で辞めて、在学中のアルバイトで関係の出来ていたうちの雑誌を足がかりにして、あちこちに文章を書く若い物書き生活だ」

「そうです」

「いまは若いよ、まだ」

「はい」

「しかし、二十代なかばは、すでに越えた。気がついたときには、三十代が目の前だ」

「間もなくそうなります」

「そうなったとき、どうするんだ」

「きっとなにか書いていると思います」

「なにかでは困るんだ」

「小説ですか」

「評論でもノン・フィクションでもいい。しかしきみは、小説だろう」

「なぜですか」

「書くための材料はすべて自分のなかにある、というタイプのようだから。いまから、小説を書く準備をしろ」

「一月からの連載は、トレーニングになりますね」

「ここを出たら、文具売り場で原稿用紙を買おう。四百字詰めで四百枚あれば、それは長編だと言っていい。だから新品の原稿用紙を四百枚、買いたまえ」

「原稿用紙を買ったら、さっそく小説を書き始めるのですか」

「まずはノートにメモをとる。創作ノートだよ。なにもいますぐ書き始めることはないんだ。四百枚の原稿用紙を買い、それを自宅の物書き机のどこかに置いておけば、いつもそれに目がとまるから、そのたびごとに、自分はこれにやがて小説を書くのだ、という覚悟や自覚が少しずつは、整っていくだろう」

「視覚をとおして自分を追い込むのですね」

「まあ、そう言ってもいいか」

昼食を終えて食堂を出たふたりは、おなじフロアにある文具売り場へとまわっていった。原稿用紙の売り場では、何種類もの製品が大きなガラス・ケースのなかに陳列してあった。

「いろいろありますね」

「選り取り見取りだ。夢は広がる。どの紙にどんな小説を書いてもいいんだ」

「一月からの連載にも使ってみます」

「連載はうちの原稿用紙にしてくれ。二百字詰めの。仕事にはあれがいちばんいい」

「そして小説には、いまここで買う紙を使うのですか」

「さっきも言ったとおり、机のどこかに積んでおくのさ。覚悟として、心の準備として」

罫の色が気に入ったから、という理由で彼が選んだのは、淡いオレンジ色で印刷された、ルビ罫なしの四百字詰めだった。紙はほんのりとクリーム色で、思いのほか面積の広い、横置きの端正な長方形だった。透明なセロファンに百枚ずつ、きっちりと包装されていた。夕映え、と古風な書体で印刷した紙が、その包装紙に貼ってあった。原稿用紙百枚につき一冊、となんの根拠もなく思いついた彼は、ほどよく分厚い白無地のノートブックも、四冊買うことにした。

原稿用紙とノートブックとを、女性の店員は別々の包装紙に包んだ。それを手下げのついた紙袋に入れて、橋本に手渡した。かなりの重さだった。神保町の交差点で藤山と別れ、橋本は都電に乗った。銀座では晴れていた空は、交差点を越えていく都電の窓から見ると、急速に曇りつつあった。風の匂いが変わっていることに、橋本は気づいた。

神保町から二十数分後、教えられていた停留所で彼は都電を降りた。「降りたら反対側へ渡る。ハンコ屋と床屋のあいだの路地を入る。路地を抜け出る手前、左側に、木造二階建ての家がある。小さな看板が出ている。一階に誰かいるから、その人に取り次いでもらってくれ。二階に写真スタジオがあり、私は夕方までそこにいる」漫画週刊誌の編集長に教えられたとおり、本日は定休の床屋と印鑑屋のあいだを、橋本は路地へと入った。

写真スタジオ、とだけ手書きした小さな看板を、彼は見つけた。木造二階建ての古い家だった。正面の引き戸は開いていた。高い敷居をまたいでなかに入ると、そこは土間だった。ゴム草履や下駄が乱雑に脱いであり、正面には急な階段があった。右側は小さな畳敷きの部屋で、上がりがまちの障子がなかば開けてあった。そこに割烹着を着た中年の女性がいきなりあらわれ、「どなたさん？」と訊いた。編集長の名を告げると彼女は階段に向けて顔を突き出し、「鈴木さん！」と、大声で呼んだ。

くぐもった男の声で二階から返事があり、四十代の鈴木編集長が階段の上に姿を見せた。「やあ、きみか」と鈴木は言い、かたわらの壁に立てかけてあった蛇の目傘を片手に持ち、階段を降りて来た。

「きれいな傘だ。役に立ったよ、ありがとう」

そう言って鈴木は傘を橋本に手渡した。

「今日はまだ撮影中なんだ」

「僕はこれで失礼します」

「これからどこへいくんだい」

「新宿へ戻ります」

「だったら、せっかくだから、少しだけ寄り道をしていくといい。ここへは、都電で来たのかい」

「そうです」

おなじ停留所で別系統の都電に乗れと鈴木は言い、系統の番号と降りるべき停留所の名称を橋本に教えた。

「そこで降りて、降りた側の歩道から路地へ入ってまっすぐいくと、路地が迷路のように交錯する歓楽街がある。見学していくといい。きみに借りたその傘を小道具に使った、金髪ヌード写真のモデル外人とは、そこにあるバーで知り合った。ホステスとして店にいたんだよ」

鈴木が編集長を務める漫画週刊誌にも、橋本は冗談のような文章を書いている。四日前の夕方、編集部へ原稿を届けにいった橋本を、鈴木は焼き鳥屋へ誘った。その席でのよもやま話は、やがて巻頭のヌード・グラビアの話題に移った。ルーマニアの金髪女性のヌードを撮影するのだが、小道具は和風のものを使いたい、と鈴木は言った。アメリカから来たヌード・ダンサーをモデルにしたときには、三味線を小道具に使って好評だった。今回も和風でいきたい、なにかアイディアはないかと言われた橋本は、知人から京都みやげにもらったばかりの蛇の目傘を思いついた。だからそれを提案すると鈴木は気に入り、その蛇の目をぜひ貸してくれ、と言った。

二日前に蛇の目傘を届けた。撮影は終わったから傘を取りに来てくれないか、と今日の午前中に、鈴木から電話があった。だからいま橋本はここにいて、鈴木から蛇の目を受け取った。鈴木と別れた橋本は都電の停留所まで引き返した。四百枚の原稿用紙と四冊のノートブックに、蛇の目傘が一本、加わった。その荷物を持ち、停留所で都電を待つあいだ、何度か彼は空を仰いだ。おなじ停留所にいたサラリーマンの営業職のようなふたり連れが、「こりゃあ、降るね」と言っていた。

都電の窓から見上げる空は、そのぜんたいが、暗い雲で覆われていた。そしてその雲の位置は低い。吹き込む風に夏のにわか雨の匂いが確実にあった。教えられた停留所まで十数分かかった。停留所に降りた瞬間、風に乗った大粒の雨滴がいくつか、停留所や都電の車体に沿って、交差点に向けて走り抜けた。

シャツの半袖から出ている彼の両腕の、あちこちに雨滴が当たり、そのどれもが細かく砕けて飛び散った。停留所から車線を越えて彼は歩道へ渡った。原稿用紙とノートブックの入った紙袋を脇の下に深くかかえなおした彼は、急激に降り始めた雨に向けて、蛇の目の傘を開いた。深みのあるきれいな紫色の蛇の目だった。歩道のある道から彼は脇道へと入った。

路地のようなその道をしばらくいき、交差するおなじような路地を一本越えると、周囲の雰囲気は突然に変化した。小さな店が雑多に軒をならべる商店街のなかに、おなじような路地が妙な角度で次々に交差した。路地ごとに、飲み屋、喫茶店、バー、焼き鳥の店、小料理店などが増え、歓楽街の様相が濃厚となった。パチンコの店、ビリヤード、ダンス教室、麻雀の店。大衆演劇の芝居小屋まであった。その隣が接骨院と漢方薬の店、そしてその向かい側は、路地の狭い幅を圧する銭湯の、どっしりとした大きな建物だった。

片手で掲げている傘の、蛇の目の模様ぜんたいを、にわか雨の雨滴が強烈に叩いた。傘のすぐ下にある彼の顔を、その音が何重にもくるんだ。路面から跳ね上がる雨滴が、彼の靴やスラックスの裾を濡らした。傘をさらに低くして銭湯の前をとおりすぎながら、どこでもいいから喫茶店に入ろう、と彼は思った。その彼を、

「ちょっとそこまで、入れてって！」

と、なかば叫ぶように、若い女性の声が追いかけた。そしてその女性が彼の左側から、首をすくめて傘の下に入って来た。濃紺の地に赤い小さな模様の散った浴衣を、彼女は着ていた。

「すぐそこのバーまで。いまに雷が鳴るのよ。そこの路地を右へ」

言われるままに路地を右へ入ったとき、ふたりをうしろから押すかのように、雨まじりの風が強く吹いた。彼女のうなじや肩のあたりから、彼は石鹼の香りを受けとめた。多くの浴用石鹼に共通する、彼にも覚えのある香りだった。

「銭湯ですか」

と、彼は言ってみた。

「そうなのよ。久しぶりに一番湯を使ったら、この雨でしょう」

そう答えた彼女は、

「ここなの」

と、左斜め前の店を示した。バーの看板が出ているその小さな店の、白い木製のドアへ、ふたりは歩み寄った。彼は傘をうしろに傾けて雨を遮り、彼女が店のドアを開いた。

「お入りなさいな。雨宿りをなさったら」

そう言って彼女は店に入った。店のなかはほの暗かった。ドアの左側に小さな窓があり、そこから入ってくる光だけだ。彼女が明かりをつけた。傘をすぼめて彼も店に入った。店内のスペースは細長く、その左側には奥までまっすぐにカウンター、そして右側には、ふたり用の差し向かいのテーブルとストゥールが、壁に沿って三つならんでいた。

「雨の音がすごいわ。雷はまだかしら」

彼は彼女に向きなおった。すっきりとした細面の、整いすぎた趣のある顔立ちを、いまはうしろでゆるやかに束ねている髪が、ほどよく中和していた。自分に向けられた彼女の笑顔の口もとに対して、微笑の切れ味、という言葉を彼はあてはめてみた。

「そのきれいな傘は、女持ちではないかしら。私とおなじような年齢だから、気楽に呼びかけて相合い傘にしてもらったけれど、私が左側から傘の外へ追い出したから、あなたは体の右側がこんなに濡れてるわ」

「僕は半年前に二十六歳になりました」

「私は二十五よ」

「この傘は、知人にもらった京都みやげです」

彼女が持っている、小さく長方形にたたんだ白い手拭いは、赤いマーブル模様のセルロイド製の石鹸箱に、巻きつけてあった。彼女は手拭いを巻き戻し、石鹸箱をカウンターに置いた。まだ湿っている手拭いの端を指先に持ち、手首の滑らかなひと振りで手拭いぜんたいを開き、そのまんなかを持って彼に差し出した。受け取った彼は濡れている右腕を拭った。濡れて貼りついている半袖をはがし、その下を肩まで拭った。手拭いを彼女に返した橋本は、原稿用紙とノートブックの入った紙袋をカウンターに横たえた。

彼女はドアへ歩き、少しだけドアを開いて外を見た。風にあおられた雨が路地を走っていく様子とともに、浴衣の彼女のうしろ姿を、橋本は見た。ドアを閉じた彼女は、

「おすわりなさいよ」

と言った。

「なにか差し上げましょう」

彼女はカウンターの奥へ歩いていき、ふとかがんだと思ったら、次の瞬間にはカウンターのなかにいた。ふたつのグラスにかき氷をいくつかずつ落とし、水を注ぎ、両手に持って彼の前へ来た。ひとつを彼の手もとに置き、自分のグラスから彼女は水を飲んだ。

「銭湯から上がったら、コーヒー牛乳がおいしいのです」

と、彼が言った。

グラスをカウンターに置いた彼女の指先から、笑顔がはじまっていくかのように彼には思えた。喉から顎をのぼって頬まで、深みのある艶が宿り、その艶の影はそのまま微笑だった。

「銭湯で売ってるのね。飲もうかな、と思ったの。でも、なんだか大変なにわか雨のようだから、飲まずに出て来てしまって。にわか雨にあわてる貧乏性ね」

彼もグラスの冷たい水を飲んだ。

「思いがけない雨宿りです」

「なぜ今日は蛇の目傘なんかを持ってるの？」

「写真の小道具に使いたいという人に、貸してあったのです。それを今日、返してもらってきました」

「写真の小道具？」

と、彼女は訊き返した。

「漫画週刊誌のヌード写真です」

「あら、まあ」

「表紙を開くとそこにある、ヌードのカラー・グラビアです。外国の金髪の女性が、蛇の目の傘を斜めにさしてポーズしている、というような」

「そういうお仕事なのかしら」

「僕の知り合いのずっと年上の編集長が、写真家としてヌードを撮影したりするのです」

カウンターをはさんで向き合っている彼女の、浴衣の模様を彼は見た。きれいな濃紺の地に、赤い小さな模様が散っている。その模様はなにだろうか、と彼は思った。雨のなかを遠くから届く雷鳴を、ふたりは聞いた。

「ほら、雷よ」

「僕も銭湯へいってきます」

「それは、いいわ」

彼女の表情が軽やかに華やいだ。

「ぜひとも、そうなさい。湯上がりでここへ戻って来て」

「荷物は置いていきます」

「石鹼と手拭いを貸しましょうか」

「銭湯で買います」

「傘は他のを持っていくといいわ。このあたりの人たちは、ものの考えかたが自由なのよ。いい傘を銭湯で見かけたら、さっそくもらっていこう、と思う人たちだから。銭湯にかぎらず、いたるところで」

カウンターの外に出た彼女は、店の奥にある物入れのようなところの細いドアを開き、古びた黒いこうもり傘を取り出した。店のドアまで歩き、半開きにすると、雷鳴が入って来た。音までの距離が近くなっているのを、ふたりは感じた。風に乗って雨が店へ舞い込んだ。彼女はドアをさらに開き、こうもり傘を受け取った彼は、傘を開きながら外に出た。

「いってらっしゃい」

前方がかすんでよく見えないほどの降りかただった。バーのある路地を出て銭湯まで歩いた。そして銭湯のなかに入ると、そこはにわか雨などとはなんの関係もない、別世界だった。番台で彼は石鹸と手拭いを買った。彼が銭湯で過ごしたひとときは、雷が頭上に到達し、思う存分に何度も炸裂したあと、重くゆっくりとそこを去っていくまでの時間と重なった。

洗うでもなく体を洗い、ついでに髪も洗い、湯につかりながら雷をやり過ごすという、初めての体験を橋本は楽しんだ。午後の銭湯の男湯のスペースぜんたいが、高い窓から入る稲妻の薄青い光によって、浮かび上がるように見える瞬間が、何度もあった。隣の女湯で幼い子供が泣き出した。脱衣所へ出て来たときには、雷は完全に遠のいていた。雨の音も穏やかになっていた。

固く絞った手拭いで体をふき、儀式として隅にある体重計で体重を計った。シャツをはおりスラックスをはいた彼は、コーヒー牛乳について思いながら、銭湯を出た。雨に洗われた空気を湯上がりの顔に受けとめた。路地の斜め向かい側にパン屋があり、入口のかたわらにアイスキャンディの幟が斜めに立っていた。雨はまだ降っているから傘をさし、銭湯の前からその店へと路地を渡った。そして彼はアイスキャンディを買った。赤、白、緑色、黄色、そして小豆色があった。赤と緑色を一本ずつ、彼は手に入れた。バーへ戻ると浴衣の彼女はカウンターのまんなかでストゥールにすわっていた。二本のアイスキャンディを橋本は彼女に見せた。

「あらあ、いいものを買ってきたわね」

「どっちがいいですか。赤でしょう」

赤いほうのアイスキャンディを、彼は彼女の顔のそばに掲げてみた。

「赤い色がよく似合いますね」

「赤は苺の香りね」

「紅生姜でしょう」

彼女は笑った。そして彼から赤いアイスキャンディを受け取り、

「緑色は、なんの味なの？」

と、訊いた。

「ライムではなくて、メロンですね」

「すわったら？」

促されて橋本は彼女の右隣のストゥールに腰を降ろした。彼女は舌の先でアイスキャンディをなめた。

「私は島崎弓子といって、大工なのよ。兄と弟がひとりずついるけれど、どちらも大工は駄目で勤め人をしてるわ。私は父親に筋がいいと言われてその気になって、高校生の頃から鉋をかけたり鑿を使ったりして、いまは大工なの」

「お父さんも大工さんですか」

「棟梁。腕のいい人なのよ」

「僕は橋本哲郎といいます」

「なにをしてる人なの？」

「いろんな雑誌にいろんな記事を書いています。週刊誌や月刊誌、それにさっき言った漫画の週刊誌。編集部に所属しているのではなく、あちこちの編集部の下請けですね」

アイスキャンディの先端をかじりながら、弓子は聞いていた。

「ずっとそのお仕事なの？　大学は出たのよね」

という弓子の質問に、

「僕は小説家をめざしています」

と、橋本は言ってみた。ふと、この言葉が彼の頭に浮かんだ。だからそのとおりを口にした。今日はふたりの人たちから、小説を書くことを勧められたが、やがては小説を書かざるを得なくなるはずの自分について、ときたま思うことがなくもなかった。

「めざしてなれるものなの？」

思いがけない言葉が弓子から返って来た。橋本は笑顔になった。そして、

「めざすだけではなれません」

と、答えた。

「めざして、それから、どうすればいいの？」

「書くのです」

「書くためには、考えなくてはいけないわね」

「これからいろいろ考えます」

顔の前に斜めに持った赤いアイスキャンディを、弓子は見つめていた。怜悧そうな印象

のあるその横顔を、橋本は見た。

「ほんとに大工さんなのですか」

橋本が訊いた。

「ほんと。家を建てたりするのよ」

そう言って弓子は笑った。そして、

「珍しいからちやほやされていい気になってると、建築中の家の梁から落ちたりするんですって」

と、つけ加えた。

彼女のアイスキャンディはやがて半分ほどになった。アイスキャンディの細い棒を持った手を前へいっぱいにのばし、半分になった様子を彼女は眺めた。

「赤い色はやはり苺の香りなのね。嘘の苺。子供の頃から、私は好きよ。嘘の苺の、味や香り。この店で、真夏にかき氷を出してたこともあるのよ。ほろ酔いの人が、酔い覚ましだと言って、喜んで食べてたわ。ずいぶん前。私が子供の頃。母親がなにか客商売の店を持ちたいと言って、ちょうど売りに出たこの店を買ったの。昔は繁盛したのよ。でも、バーはもう終わりですって。母親がそう言ってるわ。手帳にいろんなことを、細々と几帳面に書きとめておく人なのよ。暇なときには、何年も前の手帳を出してきて、熱心に読み返したりすると、バーというものがもう終わりだということが、わかったりもするのね。確かにそうなのよ。もしあなたがここのお客さんになってくださったら、久しぶりの新規のお客なのよ」

「雑誌の仕事にはバーの好きな人がたくさんいますから、今度は何人か連れて来ます」

「ほんとにまた来なくてはいけないのよ。私がいなかったら、母親と世間話をして、出直して」

「来ますよ」

「雨はやんだわ」

弓子が言った。そしてドアの脇にある小さな窓を指さした。

「ほら、西陽がガラスに当たってるわ」

「僕は近所を歩きまわってみます。面白そうだから」

「私もいくわ。案内させて」

「店にいなくてもいいのですか」

「だって、まだ営業前の時間よ」

アイスキャンディを食べ終えて、ふたりはそれぞれにストゥールを降りた。彼が指先に持っている棒を、弓子が受け取った。そしてカウンターのなかへいき、すぐに出て来てドアまで歩いた。ドアを開いて外を見た。

「雨は上がって陽が射してるのよ」

銭湯で橋本が使った石鹸は、まだ湿っている手拭いにくるんであった。手拭いが入っていた薄いヴィニールの袋に、すべては入れてあった。それを彼は紙袋に入れ、カウンターから持ち上げ、脇の下にかかえた。

「蛇の目の傘は、さしあげます。よく似合いそうですから、進呈します」

ドアのかたわらに立てかけてあった蛇の目を橋本は示した。弓子は傘を手に取ってバーの外へ出た。彼も外へ出て、弓子はドアを閉じた。そして蛇の目傘を開き、西陽に向けて高くかかげ、下から傘の内側をのぞき込むように見た。

「きれいだわ。ほんとに、もらっていいものかしら」

「ほんとです」

「うれしいわ」

と弓子は言い、

「うれしいから、持って歩くわ」

と、丁寧に傘を閉じた。ふたりはバーの路地から銭湯のある道に出た。

「今日はどんなご用事があって、この銭湯の前を歩いてたの？」

弓子に訊かれるままに、橋本は次のように答えた。

「小道具としてその傘を貸しておいた漫画雑誌の編集長が、このあたりをぜひ見物していけ、と勧めてくれたのです」

「このあたりは、初めて？」

「そうです」

「初めてなら、どこを歩いても珍しいわね」

「路地という路地を、くまなく歩いてみたいです」

「何度も来ればいいのよ」

そのとおりだ、と橋本は思った。弓子の言うことはたいそう理にかなっている。いますべての路地を歩く必要はどこにもない。それだけの興味があるなら、何度も来ればいい。漫画週刊誌の鈴木編集長は、ヌード・グラビアにモデルとして使う外国の女性を、このあたりにあるバーで見つけた、と言っていた。鈴木さんを誘っていっしょに来れば、違った視点がひとつ加わることになる。自分だけで歩くより面白いはずだ。いま肩をならべて歩いている弓子を彼に紹介するといい。あのバーへ連れていけばいいのだ。一軒の家を建てるまでをドラマに仕立てて漫画にし、主役は弓子をモデルにした女性にすれば、新しい漫画が生まれるのではないか。鈴木編集長に言わせるなら、漫画ではなくコミックスだが。

路地が交差するごとに、右へ左へと曲がりつつ、しばらくふたりは歩いた。弓子はふたたび蛇の目を開き、さきほどとおなじように、高くかかげた。西から射す太陽の光がその傘をとらえた。西条を連れて来るのもいいのではないか、と橋本はふと思った。交差する路地のまんなかで立ちどまり、

「この道をいってみようか」

と、橋本は左の方向を示した。

「まっすぐいくと、うちのバーの前をとおるわ」

だからふたりはその道を歩いた。バーまで来て、その前に立ちどまった。

「傘がよく似合います」

と、橋本が言った。

きれいに微笑した弓子は、

「かならずまた来てね」

と、言った。

橋本はうなずいた。

「アイスキャンディをいっしょに食べただけでは小説にならないのよ」

微笑にふさわしい弓子の言葉で、ふたりは別れた。バーのドアを押して開き、なかへ入っていく彼女の姿を、橋本は振り返って見た。そしてそのまま いけるところまでいくと、やがて歓楽街を出はずれた。都電の走る道路へ出て、停留所まで引き返した。

夕食の一時間ほど前に橋本は自宅に帰った。両親のいる二階建ての母屋から、渡り廊下のような通路で繋がった離れを、橋本は自分の場所として使っていた。廊下の両側は、どちらも壁いっぱいに、収納棚となっていた。シャワーだけの浴室と洗面にトイレット、そして寝室と仕事部屋、という間取りの離れだ。

仕事部屋の西側の壁に沿って、その横幅いっぱいに、机が造りつけてあった。ほどよく奥行きのある、頑丈で単純な机だ。引き出しはなく天板だけだから、机であると同時に、さまざまな物を置いておく台でもあった。支えている脚は左右両端の二本ずつに加えて、等間隔で二か所に二本ずつ、したがって合計八本あった。仕事に関係するすべての作業を、橋本はこの机でこなしていた。壁のまんなかに二面の窓があり、この窓の前が、机に向かって椅子にすわっているときの、橋本の定位置だった。

いま彼はその椅子にすわっていた。三省堂で買った四百枚の原稿用紙、そして四冊のノートブックが、彼の目の前に積んであった。さきほどから彼はそれを眺めていた。四百字詰め原稿用紙四百枚と四冊のノートブックを、彼は両手で持ってみた。かなりの重さだった。百枚ずつ包装されている四百枚を、こうしてここに置いておくなら、それはいつも自分の目に触れる。そしてそのことは、初めての長編小説を書くための心の準備として機能する、と藤山編集長は言った。書けば自分のところで本にする、という意味ではない。作家になることに向けて、最初の長編への覚悟を作れ、そして書き上げろ、というほどの意味だ。

創作ノートを作ればいい、と橋本は思った。そのための四冊のノートブックを手に取り、四冊分の白無地ページの重みを両手に確かめた。三冊を原稿用紙の上に戻し、一冊の最初のページを開いた。そして万年筆で、

「ほんとにまた来なくてはいけないのよ」

と、一行に書いてみた。大工をしているというあの女性、島崎弓子が、この自分に言っ

た台詞だ。確かこれが最初だった、と橋本は記憶を確認した。美人大工、という呼びかたが難なく成立する彼女のような女性がこの東京にいることを、彼は初めて知った。自分より一歳だけ年下だ、ということではないか。

万年筆で書いた一行をしばらく眺めたのち、次の一行を彼はその下に書いた。

「私がいなかったら、母親と世間話をして、出直して」

これも弓子の台詞だ。さらにその下に、

「何度も来ればいいのよ」

と、橋本は書いた。そして、

「かならずまた来てね」

という言葉が続いた。

もうひとつ、これは名台詞だと思いながら、橋本は次のように書いた。これは一行には収まらず、二行になった。

「アイスキャンディをいっしょに食べただけでは、小説にならないのよ」

買ったばかりのノートブックの、白無地のページに、いま自分が書いたばかりの五本の台詞を、橋本は観察した。五つの台詞のすぐ下に、まるで署名のように、島崎弓子、と彼は彼女の名前を書いてみた。五とおりの台詞、そして島崎弓子という名を、さまざまに見くらべながら、やがてなにごとかを感じ、そこからさらに、橋本は考えを進めてみた。

初めのうちは自分がなにを考えているのかわからなかったが、やがて頭に浮かんでくることはいくつかあり、それらが一定の順番にならぶと、そこには論理の道筋があり、その道筋をたどると、それまでは思ってもみなかったことが、彼の頭のなかで目の前にその姿を整えた。

自分が彼女とともに過ごした時間は、一時間なかったはずだ。そのかなり短い時間のなかで、また来い、という意味のことを、異なった言いかたで五度、彼女は繰り返した。彼女の台詞をその字面どおり真に受けるなら、さほどあいだを空けることなく自分はあの場所へいき、客としてあのバーのドアを開くことになる。しかし自分は、そうしてはいけないのではないか。彼の頭のなかで目の前に浮かんだ、それまでは思ってもみなかったこととは、これだった。

二度目の客としてあのバーに入り、彼女がカウンターのなかにいたとして、「やあ」などと自分は言い、ストゥールにすわるのか。カウンターをはさんで自分の向かい側に彼女が立ってくれたとして、その彼女に自分はなにを喋ればいいのか。語るべきことは、なにもないではないか。彼女と自分とのあいだに、どのような接点があるというのか。なにもない。いま自分がノートブックに書いた五とおりの台詞をとおして、まさにそのことを、彼女は伝えようとしたのではなかったか。

「私たちは二度と会わない」

と、ページのまんなかに彼は書いてみた。島崎弓子という名前、そして彼女の口から出た五とおりの台詞に、いま自分が書いたひと言がよく似合っている様子を、橋本は観察した。なぜ二度と会わないのか。一度だけのことにしておくためだ。今日のにわか雨の午後の、あのひとときという、一度だけに。なぜ一度だけのことにしなくてはいけないのか。

見ず知らずのふたりがにわか雨をきっかけにして知り合い、正味で一時間もないほんのひとときを、ともに過ごした。それは確かに現実の出来事なのだが、それっきり二度と会うことがなければ、ほんとにあったことなのか、それとも白日夢なのか、区別をつけにくい状態に、やがてはなるはずだ。そうなるまでに、さほどの時間は必要としない。私はあなたに二度と会わないのだという彼女の意志は、私はあなたの記憶のなかで幻になりたいという望みへと、解釈しなおすことが出来る。解釈はそれひとつしかない。私はフィクションになりたい。ついさっき自分がノートブックに書き記し、いまこうして見つめている彼女による五つの台詞は、そういう意味なのだ。

僕は小説家をめざしています、という自分の言葉に対して、あの美しく怜悧な女性は、こんなふうに反応した。素晴らしいことではないか。あるいは、素晴らしいことではないかと、自分は思い込みたい。かなりのところまで強引にでもいいから、そう思い込むことによってのみ、彼女の素晴らしさをそのままいつまでも、自分は記憶のなかに保存しておくことが出来る。もう一度会ったなら、それが一度だけではあっても、彼女は幻にはなれない。雑多な現実の片隅に転がっている、小さな断片のひとつとなる。

ノートブックに書きつけた彼女の五とおりの台詞、そしてそこから自分が引き出した結論である、私たちは二度と会わない、という言葉を何度となく読み返しながら、自分は思いがけずもこんな地点へ到達してしまった、と橋本哲郎は思った。彼女には二度と会えない。小説を書く作業は、一例としてこんなところからも、始めることが出来るのだろうか。自分はいま、そうとはまったく意識しないままに、小説を作ろうとしているのか。これは、小説のための、創作ノートの始まりなのか。

美しき他者

1

目を覚ましてベッドを出た彼は、続き部屋のように隣にある仕事部屋に入り、卓上のカレンダーで今日という日を確認した。一九六七年五月二十日。二十七歳になってふた月がたつ。着替えをして仕事部屋から渡り廊下へ出た。両側の壁がフロアから天井まで収納の棚になっていた。そこを歩いて母屋の洗濯部屋からキチンへいくと、外出のしたくを整えた母親がいた。「夕食はひとりで食べて。お昼は冷蔵庫にあります」と母親は言い、居間で電話をかけたあと外出した。父親はいつものとおり丸の内の事務所だ。

昼食を終えて十二時だった。出かけよう、と彼は思った。来週になると締切りが三種類ある。だが、今日、そして明日くらいなら、彼は暇と言うなら暇だった。暇だから自由だ、したがってなにをして過ごしてもいい。会社に雇われている状態は、四年前に終わった。したくをして彼は家を出た。初夏の気持ちのいい日だった。鎌倉通りと呼ばれている道に向けて、彼は住宅地のなかを歩いた。鎌倉通りはいたるところにある、なぜかと言うと、いざ鎌倉というとき、その鎌倉をめざす道だからだ、という説を雑誌の編集者から、いつだったか聞いたことがある。

彼が以前から好いている家の前をとおりかかった。彼の自宅は生け垣や門構え、そして庭が和風で、建物は和洋折衷と言うよりも、和洋半々だった。和風と洋風とに、建物のまんなかあたりから、はっきりと分かれているという、変わった造りだ。ふと立ちどまって眺めるこの好きな家は、平らな屋根の平屋建てだ。芝があるだけのすっきりした庭に配置されたその平屋建ての造形は、敷地の広がりと奥行きのどちらとも、きれいに均衡が取れていた。平面と直線を多用した建物は、いま彼がそうしているように、その前をとおりかかって眺めるたびに、使いやすい合理的な間取りを彼に想像させた。玄関の造りはきわめて簡素に無理なく、幅の広い低い階段のアプローチへとつながっていた。玄関の脇に建物の角の延長でもあるかのように、蘇鉄の樹があった。

その建物の玄関のドアが開いた。若い女性がひとり、外へ出て来た。明るい灰色のタイトぎみのスカートに、白い半袖のシャツ、そして細いヒールのある赤い夏のサンダル。視線を伏せてドアを出た彼女は、閉じたドアに鍵をかけた。キー・ケースをバッグに入れて、彼女は顔を上げた。立ちどまっている彼を見て彼女は笑顔になった。

「久しぶりかしら。きっとそうね。しばらく見かけなかったわ」

そう言いながら彼女はドアからのアプローチを歩き、階段を降りて彼の前まで来た。歩きかたの軽やかな滑らかさと同時に、上体をひねりぎみにドアに向けて鍵をかけているときのうしろ姿、そしていま目の前にある笑顔などを、ひとまとめに受けとめた彼は、この年上の女性はこれほどにきれいな人だったかと、驚きに似た気持ちが自分のなかに広がるのを、感銘と快感の中間あたりの出来事として自覚した。

「しばらくね」

彼女の視線と自分の視線とが、おなじ高さで水平であることに、彼も笑顔となった。ふたりとも幼い頃からこの住宅地に住んできた。だからおたがいに子供の頃から知っている。

「私の名前をまだ覚えてるかしら」

彼女が言った。彼女の背後にある低い門に、水上、と表札が出ていた。

「水上さんです」

「それは苗字でしょう」

「水上朱音さん」

「おでかけ？」

「そうです。下北沢の駅へいくところです」

「私もよ」

ふたりはならんで歩き始めた。

「良彦ちゃん、と呼ぶのではなくて、小野田さんと呼んだほうがいいかしら」

「どちらでも」

「私はこれから、神保町へいくのよ」

「僕は毎日のように、神保町へいってます」

朱音は彼に顔を向けた。彼女が持つ魅力の総体が、その顔をとおして自分に向けられ、伝わってくるのを、彼は感じた。

「なぜ?」

と訊き返したその質問形の、最後に残る音声のもっとも優しい部分は、自分のどこかに触れるはずの、彼女の指先のようだった。

「出版社の人たちとの、打ち合わせの場所が神保町の喫茶店ですし、そこは僕の仕事場でもあり、映画館やビリヤード、古書店などは遊び場です。食事の店にも不自由はしません。銭湯や旅館もあります」

「知らなかったわ。私もよくいくのよ。でも、偶然に会うようなことは、一度もなかったわね」

「では僕も、神保町へいきます」

鎌倉通りをふたりは肩をならべて下北沢に向けて歩いた。

「大学を出て会社に入って、三か月で辞めた話は、お母さまからうかがったのよ。でも、それからもう、三年か四年になるわ」

「いまはどこにも勤めないで、いろんな娯楽的な雑誌に、文章を書いています」

「勤めるのは嫌なの？」

「会社勤めに関しては、僕は落第でした」

朱音は笑った。そして、

「いいわねえ、自由で」

と言い、

「経済的には、どうなの？」

と、質問をつけ加えた。

「僕がどこかでひとり暮らしをしているとして、そのひとり暮らし程度なら、充分すぎるほどに支えられます」

「偉いわねえ」

と言った朱音は、自分について次のように語った。

「私は先生になるつもりで、教職課程に進んだのよ。でも、なにも知らない自分、というものを発見したの。なにも知らないから、なにも出来ないのね。自分にはもっとなにかがなくてはいけない、と思うのはいいけれど、自分にはこれならある、と言える状態になるためには、自分でそういう状態にまで、自分を作っていかなくてはいけないのね。先生になって教えるということは、生徒たちが自分ではまだ気づいていない自分のなかから、これなら自分として育てていけるかな、と思えるようなものを、自分のなかから引き出していくための、きっかけを作ることなのね。そういう仕事をするためには、自分で自分のなかからなにかを引き出し、それをきっかけにして自分を作っていった経験がないと、どうにもならないわね。だから勉強することにしたの。勉強は嫌いではないのよ。調べたり、考えたり。知らなかったことを知ったり。大学院から先生の助手になり、講師を務めてもうじき助教授という話もあるのよ。あなたより四歳年上の三十一歳ですけど、経済的にはまだまだなのよ。そんなことは考えなくてもいい、と父は言ってくれてるけど、なんとかしないと」

南口の商店街を駅まで歩き、小田急線で新宿へ、そして中央線でお茶の水駅までいき、そこで降りて駅を出た。駿河台下に向けて坂を下った。

「今日の私は自由な日なのよ。いまの自分が興味を持っていることに沿って、本を探して歩く、という日」

古書店をふたりはめぐり歩いた。彼女は何冊か本を買った。

「あなたとはデートしたことがあるわね。あなたが大学生だった頃。すぐ近くに住んでるから、子供の頃から顔見知りで親しくても、ほんとはよく知らないままなのね。お母さまとは、近所でよく会うのよ。一時間近くも立ち話をすることもあるし」

「朱音さんのことを褒めてますよ」

「どんなふうに？」

「美人で姿が良くて、頭が良くて、気だてが良くて。良いことづくめです」

「それは困ったわねえ」

そう言って朱音は笑った。

「いつも神保町では、なにをしてるの？」

「いろんなことです。さきほど言ったとおり、生活のほとんどを、この周辺でこなしています」

「お仕事は？」

「喫茶店をはしごして、原稿を書きます」

「今日は違うのね」

「今日は休みです」

「はしごする喫茶店は、どこなの？」

「コーヒーを飲みましょうか」

「ぜひ、そうしましょう」

三省堂の脇から南へ入り、すずらん通りに出る手前で路地を右へ曲がった。その路地のなかほどにラドリオという喫茶店があった。路地のほうの入口をふたりは入った。入ってすぐ左側、路地に面した小さな窓ぎわに、ふたり用の席が空いていた。ふたりはそこで差し向かいとなった。

「この席ではよく原稿を書きます」

と、小野田良彦は言った。

「私もこの店はよく知ってるのよ。向かい側のミロンガも。父がタンゴが好きで、ミロンガという店を教えてくれたのよ」

「午後にこの席で原稿を書いては、出版社の担当者に電話をかける、という日々です」

「自宅では書かないの？」

「自宅でも書きますけれど、街にいたほうがいいですね。喫茶店に入って席にすわり、注文したコーヒーがきたら、すぐに原稿を書き始める、というようなことが出来ますから」

　ふたりはコーヒーを注文した。

「二百字詰めの原稿用紙に、万年筆で書いてます。以前は鉛筆だったのですが、喫茶店の席で小さなナイフで鉛筆を削っていたら、ウェイトレスに叱られたのです。それからは万年筆にしました」

「私も書くときには万年筆よ。すぐ近くにとてもいい専門店があって」

「僕もそこで買っています」

「おたがいにおなじところを歩いてるのね、そうとは知らないままに。新しい万年筆を買いたいな、と思ってるのよ」

「あとでその店に寄ってみましょうか」

　ほどなくふたりのテーブルにコーヒーが届いた。

「コーヒーは好きなの?」

と、朱音が訊いた。

「この独特の味が、原稿を書くにはいいのです」

「こんど私の家でコーヒーをいれてあげるわ。父が無類のコーヒー好きなのよ。父は仕事でよく神戸へいくけど、帰りに京都へ寄って、京大の学生だった頃からある喫茶店を旧友たちとめぐり歩いて夜になり、今日はここに泊まるから、という電話があったりもするの。買い込んでくるコーヒー豆がいろいろとあるから、飲みに来て」

カウンターとテーブル席とのあいだを奥へいくと、そこで店内の空間は直角に右へ折れ、そこからさらに奥に向けて、客席の空間が広がっていた。客の数は多く、彼らの話し声が重なり合ってひとつになり、店のなかに満ちていた。ふたりがいるドア脇の窓ぎわの席は、店内の空間のいちばん片隅だった。だからそこでふたりは、自分たちの話に没入することが出来た。

「サラリーマンの日々からはずれた生きかたを選んだのね?」

という朱音の質問に、

「会社勤めに関しては、僕は落第でした」

という彼の返答を、朱音は微笑で受けとめた。

「いまの仕事は、大丈夫なの？」

「いまの僕になにが出来るかというと、いまこなしていることなら出来るので、それをほぼ目いっぱい、おこなっています」

「では、それをずっと、続けるのね」

「そうもいきません」

「なぜ？」

顔をかすかに傾けて訊き返すそのひと言によって、自分が彼女に向けて引き寄せられるような錯覚を彼は覚えた。白い半袖のシャツの下にある彼女の肩幅の広がりを彼は見た。

「遊び半分のような仕事です。いまだから成立する、一過性のような仕事です」

「やがてはなくなる仕事なの？」

「なくなるかも知れません」

「そしたら別の仕事につくの？」

「文章は書きます。ただし、次の段階へ、移らなくてはいけないのです」

「いまとは違うことを書く、ということかしら」

「そうです」

「なにを書くの？」

「いまの僕から延長線を引くと、その先にあるのは小説かな、とも思います」

「長編小説ね」

「そうなります」

「それを書きたいのね」

「書かざるを得ないのです。ずっと続けていける文章の仕事、ということで考えていくと、いまの仕事はあとせいぜい二、三年です。そのような忠告も受けています」

「どんな忠告なの？」

「ほとんど毎週、なんらかの記事の原稿の、最終的なまとめの仕事をしている週刊誌があるのですが、僕の原稿を受け取ってくれているデスクの人が、そう言っていました。この段階はこれで充分だけど、ここから先を展望するなら、このあたりでちゃんとした本を一冊書かなくてはいけない、という忠告でした。僕よりひとまわり年上の男性です」

「いまのままだと、やがてあなたはどうにもならなくなる、と解釈出来るわね」

「その解釈しかあり得ません」

「だったら、小説を書くほかないわ」

「書きます」

「いつ書くの？」

彼女による端的なひと言の質問ごとに、話の内容が次の段階へと明快に進展していく様子に、彼がさきほどから見ている彼女の肩幅の印象が重なって、ひとつになった。

「これからです」

という小野田の返答に、朱音は笑った。

「長編小説の内容は、きまってるの？」

朱音の質問に彼は首を振った。

「なにもきまってません」

「どうしましょう」

彼も笑うほかなかった。

「長編小説を一冊書くのに、どのくらいの時間がかかるものなの？」

「わかりません」

というのが彼の返答だった。

「経験がないですから。これから経験します」

「一年くらいはかかるのかしら」

「半年にしたいです」

「いますぐに書き始めても、出来上がるのは年末になるわね」

年末には早くも自分の手で完成させる長編小説など、いまの彼には想像することすら無理だった。その彼の気持ちを読んだかのように、

「三十歳までには、一冊を」

と、朱音は言った。

「とにかく、どんな無理をしてでも、一冊を書いてしまわなくてはいけない、と心にきめています」

「でも、内容はまだなにもないのね」

「そうです」

「私がついてるわ」

「今年じゅうには内容の目鼻がついて、来年の前半に書き終えて、どこかの出版社の編集者に読んでもらって、かなりすんなりと本になるとしても、ぜんたいとして一年はかかる

でしょう。三十歳までに一冊、というのは正解です」

「私がついてるのよ」

朱音の美貌の笑顔を彼は見た。このような話題で話をする相手として、相手が水上朱音であることは、少なくともそれだけに関しては、自分は最初から幸福なのではないか。そのような思いが頭のなかをゆっくりと横切っていく彼に、朱音は次のように言った。

「大学のとき、現代日本文学、というゼミナールを受講したの。きっちりした勉強のゼミではなくて、日本の小説とそれを書いた小説家のエピソード集、といった趣の講話のようなゼミだったのよ。小説家、という種類の人たちについての、いろんな面白いお話」

「いまの僕にとって参考になるような話を、朱音さんは覚えてますか」

「作家が来て、話をしてくれるときもあったのね。作中に登場する女性たちのほとんどが常に着物を着ている、という小説を書き続けて来た作家の話には、興味深いものがあったわ。着物小説、とご自分ではおっしゃってて。着物で人生を送る女性たちのドラマが題材になった小説ばかりだから、着物とその着かたは、作家ご自身にとっても、そしてお書きになる作品にとっても、たいそう重要なものなのよ。あるひとりの女性が、どんな着物をどう着ているかによって、その女性のすべてがわかるのですって。その作家の先生は、そもそものような世界に生きてるかたなのだと、私は思うわ。その女性のすべてだけではなく、彼女の背景、つまり家柄や育ち、教養、現在の境遇、人間関係、築いてきたもの、そしてそれは底がどれだけの深さなのか、肝のすわった人なのかどうかなど、すべてが彼女の着物にあらわれるの。だから逆に考えると、その女性が肝のすわった頼りになる女性かどうかを、彼女が着ている着物とその着かたで、記述したり描写したりすることが可能である、ということね」

「着物について、ひと言もおろそかに出来ませんね」

「書いていくにあたって、まずたいへんな知識が必要だわ。その作家のお母さんが、京都の呉服問屋のようなところの娘で、着物の人なのよ。着物のことならなんでも知っていて、訊けば教えてもらえるのですって。それはたいへんいいわね」

「僕の母親には、なにを訊いても駄目ですよ」

「それはどうだかわからないわ」

「登場人物の年齢や育って来た背景、性格、人生でなにをどうしたい人なのか、意思はどのあたりにあるのか、といったことから始まって、場面の展開や状況の進展なども、着物で書けてしまうのですね」

「そうなのよ。そういうお話だったわ。女性の読者から手紙が届くのですって。作品のなかで女性たちが着ている着物には、いつものことながらうっとりしてしまいます、というような手紙。一度は自分も着てみたいという夢を抱いて、先生のご健筆を祈り上げます、という手紙。文芸評論家はこういうことにいっこうに気づかないし、関心を持とうともしない、ともおっしゃってたわ。そして最後に、結論のように語ってくださったのは、知らないことは書けない、ということだったの」

「単純明快ですね」

「着物に精通したお母さまのもとで育ったから、いつのまにか着物が心身のなか深くに刷り込まれ、それを土台にして、なるべくして作家になった、と解釈すればいいと、ゼミの先生は解説してくださったわ」

「僕はなにを書くのか、という問題よりも先に、僕はいったいなにを知ってるのか、という問題がありますね」

「なにを知ってるの?」

と、朱音が訊いた。

「わかりません」

「知らないことは書けないのよ」

「生い立ちが作家を作るのでしたね」

「どんな生い立ちなの？」

「わかりません」

ふたりは笑った。

喫茶店を出たふたりは、ふたたび古書店をめぐった。そして夕方になった。

「今日、これからは？」

朱音が訊いた。

「なにも用はありません。自宅へ帰るだけです」

「私は今日はひとりなのよ。父は神戸へいってて、帰りは明日の夜だわ。母も昨年の秋から神戸なのよ。仲が良くないということではなくて、母のほうに事情があって」

「夕食はどうするのですか」

「なにもきめてないわ」

「すぐ近くに、よくいくレストランがあります」

「ふたりで食べましょう。それがいいわ。もっと話をしたいし」

駿河台下の交差点から錦町に向けて西側の歩道を少しだけいくと、バラライカというロシア料理の店があった。ふたりは階段を降りて地下の店に入り、壁際の席に案内された。

「明大の先生に連れられて、一度だけ来たことがあるわ。おいしかった、という印象なのよ。バラライカの演奏があって」

じつは自分も本を書きたいと思い、そのための準備をしている、と朱音は彼に言った。まだ誰も書いていないような内容の本だから参考書がなく、今日も何軒も書店をまわったけれど、これはというものは見つからなかった、と彼女は言った。

「私はあなたより四年先に生まれて、一九三六年の生まれなのよ。昭和の十一年ね。二・二六事件のあった年で、日本の国号が、大日本帝国、という呼びかたに統一された年でもあるのね。昭和十二年度の予算は歳出総額が三十億四千万円で、そのうち軍事費がおよそ半分の十四億円。これは大変なことね。国策の基準といういくつかの項目のなかに、南方への民族的経済発展、というものがあって、民族的とは南方を日本にしてしまう、ということね。東亜における皇道精神の具現、という項目と重なるわね。私が生まれたのは、こういう時代なのよ。怪人二十面相は知ってるわね。彼がフィクションのなかに登場したのは、この年ですって。それから、日劇ダンシング・チーム。五歳で物心がつくとして、一九四一年はどんなだったかというと、これはもっと大変なのよ。真珠湾攻撃でしょう。太平洋戦争ね」

「その次の年に、小学校一年生ですか」

「国民学校一年生。歌にあるとおりよ」

そしてそのフレーズを、朱音は鼻唄のように歌って聞かせた。

「マニラ。シンガポール。ジャワ。ビルマ。コレヒドール。ミッドウェー。キスカ。アッツ。ツラギ。ガダルカナル。その年の十二月には、日本の敗戦はもはや決定的だったわ」

「そして敗戦の年には、小学校の三年生ですね」

「その敗戦から十年後、一九五六年、私はめでたく二十歳なのよ。もはや戦後ではない、と日本国家が宣言したとおり、経済的な復興はすさまじく進行していて、それはあまりにもすごいので、それまでの日本はそこで終わったのね。そこからは、それまでどこにもなかった、未曾有の、前代未聞の日本が、始まったのよ」

「経済高度成長へとつながるのですね」

「経済立国とは、サラリーマンの国になる、ということね。一九五六年で二十歳とは、高校を出て四年目。二十歳から二十三歳くらいまでが結婚適齢期なのだと、いろんな人たちが言ってたわ。適齢って、なにかしら。そして、いったい誰との、結婚なの？」

「相手はサラリーマンですよ」

　小野田が言った。

「高校のクラスは半分が女性でしたけれど、彼女たちの半分以上がすでに結婚している、という話を聞きました」

「高卒であちこちの会社に就職した女性たちね。会社では独身のサラリーマンたちが、待ちかまえてるのよ。結婚すると、どこかのサラリーマンにとっての、うちの女房になるのね。とんでもないことなのよ、これは」

　展開していく論旨に義憤のような気持ちが重なるとき、水上朱音の美貌はいちだんと鋭く冴えた艶を獲得していく。その様子を、鑑賞する人の視線で、小野田は確認した。

「高校を卒業した私にも、見合いの話がいくつもあったわ。みんな断ったの。大学を卒業すると、またもや見合いの話ばかりで、真剣に、必死になって、ひとつひとつ断ったのよ。高校を卒業して三年ほど会社で補助事務の仕事をしたあと、社内結婚してひとりのサラリーマンにとってのうちのかみさんになって、いったいどうするの？　サラリーマン家庭は会社労働のための労働力の再生産の場でしょう。出産や育児もそのためのものだから、子供たちもサラリーマン予備軍なのね。戦後日本の会社絶対主義を底辺で支えるのが、サラリーマンたちの、うちのかみさんなのよ。会社は利益を追求する組織で、真も善も美もまったく関係ない、驚くべき反社会的な存在でしょう。それを支えるための家庭に幽閉され、取り囲まれ、情報はない、社会性は欠如するのみ、知性の発展も望めない生活をかつかつにかまけ続けて、二十年後、三十年後に、どんなことになると思うの？　絶対に駄目になるだけだし、底辺が駄目なら日本も駄目になる、という本を実証的に、平易に、書いてみたいと思ってるの」

「読みたいです」

「でも、いま私がしたような話は、まずとにかく批判されるのね。女性からも非難を受けるのよ」

「だったらなおさら、書くべきです」

朱音がいま披露した考えかたへの強い共感は、北村三津子のことを小野田良彦に思い出させた。三津子は高校の同級生で、一年から三年までおなじクラスだった。姿の良い美人の三津子は勉強が好きで、したがって成績は全校で三位と下がったことがなく、卒業式では総代で答辞を読んだ。この三津子のことを彼は朱音に語った。

「高校を卒業して、名のとおった商社に就職したのです。三年目になると、おなじ会社の男性社員との見合いを、いろんな上司が次々に彼女のところへ持って来て、見合いを迫ったのです。彼女のいる部署から組織の上に向けて、部署がいくつも枝分かれしていて、その枝ごとに上司がいるわけですね。そのような見合いの話がものすごく嫌だ、という話の聞き役になったことがあります。どうしたらいいかと言って、ひどく悩んでいました。いいタイミングで、と言ってはいけないのですが、彼女のお母さんがその頃ちょうど体を壊し、入院したのです。回復までちょっと時間がかかり、母親の看病を口実に、いまは結婚はまったく考えられない状態です、と言い続けているうちに、見合いの話はすべておあずけとなり、やがて白紙に戻ったそうです。女性は社内にたくさんいますから、どの見合いの話も、他の女性たちのところへいったようだ、と彼女は言っていました。父親を二、三歳の頃に亡くしているのです。戦死だったと思います。母ひとり娘ひとりですが、働きながらお母さんの世話をしていた時期の彼女は、生き生きとしてました」

「お母さんは、その後、どうなさったの？」

「すっかり回復しました。いざというときには、賢くて美しい娘が頼りなのですけれど、お母さんとしてはその娘に嫁にいって欲しいのですね。かたづく、という言いかたをするんですよ」

「面白い話ね」

朱音は手帳を取り出した。ボールペンでメモを取りながら、

「なんというかたなの？」

と、小野田に訊いた。

「北村三津子といいます」

「紹介して、と頼んだら、会わせてもらえるかしら」

「もちろんです。いつでも連絡はとれます」

夕食は終わった。店を出たふたりは、交差点から靖国通りを西へ歩いた。

「いつもこの時間まで神保町なの？」

「夜どおしいることもあります。ビリヤードですね。編集者につきあって、バーのはしご。

そんなときには旅館に泊まればいいのです」

「この時間に帰るときには、どう帰るの？」

「都電で渋谷へいくのは、じつにいいですよ。特にいまの季節から夏のあいだ。時間は少し余計にかかりますけれど」

「ぜひそうしましょう」

神保町の停留所からふたりは10系統の都電に乗った。客は少なく、空いている席に彼らはならんですわった。渋谷の東急文化会館の前が終点だった。そこで都電を降り、井の頭線の渋谷駅まで歩いた。下北沢で降りてからは、昼間に歩いたのとほぼおなじ道を、ふたりはたどった。

鎌倉通りから住宅地のなかへ入ってすぐに、朱音はふと立ちどまった。彼の腕に軽く片手をかけた。自分と向き合って立つ小野田に、

「いまのあなたに、きまった女はいるの？」

と、朱音は訊いた。

きまった女、という言いかたを彼女から聞くことに、意外な思いがあった。この言葉が水上朱音とどのように均衡するのか、判断はつかないまま、端的に意味を伝えたいならこの言いかたになるのかもしれない、などと思いつつ、

「いません」

と、彼は首を振った。現実にそのとおりだからだ。

「私でよかったら、私のところへ来て」

という朱音の言葉を受けとめて、彼は無言のままだった。なにか返事をしなくてはいけない、と思う彼に、

「今日は楽しかったのよ」

と、朱音は言った。

「今年の正月に、着物を着て明治神宮へ初詣にいったとき、父がいっしょだったけれど、その父を別にすると、あらあら、私はひとりなんだわ、と気がついたのよ。私はひとり、という現実は、ほどなく、誰かの女になりたい、という願望へと変わったの。願望ではなくて欲望かしら。相手があなたなら、私はいつだって、あなたの女になるのよ」

彼の手を取って彼女は歩き始めた。彼女の自宅の前まで、ごく短い距離だった。

「私でよかったら、いつでもいいから、私のところへ来て」

そう言った彼女は自宅の門へ歩み寄った。低い階段を上がり、玄関へのアプローチの敷石を、彼女は端正に歩いた。そのうしろ姿を見ながら、たったいま彼女が言った、いつでもいいから、という言葉が持つ意味のなかを、反射的に、いっきに、彼はくぐり抜けた。自分にこんなことが出来るとは、と驚く気持ちを振り払うと、そこには唯一の正解があった。いつでもいいのであれば、いまでもいいではないか。父親は神戸にいて、ここへ帰っ

て来るのは明日の夜になる、と彼女は言わなかったか。

ドアの前に立ちどまった彼女に向けて、彼は早足で歩いた。バッグから鍵を取り出した彼女が鍵穴に鍵を差し込み、回転させ終えたとき、彼は彼女のすぐうしろにいた。彼女は鍵を引き抜き、ドアを開き、もういっぽうの手を彼の腰にまわして引き寄せ、自分と動きをひとつにさせて、同時に家のなかに入った。ドアを閉じ、暗いなかで彼を抱き寄せつつ一歩だけうしろへ下がると、彼女の背中はドアに押しつけられた。さらに深く彼を抱くと、彼女の背面はより強くドアに押しつけられることとなった。

おたがいにひとしきり熱中した口づけのあと、彼の耳もとに朱音は次のように囁いた。

「あなたがお家の前で三輪車で遊んでいた坊やだった頃から、私はあなたのことを知ってるのよ。赤い三輪車のあの坊やと、いまこうなるとは、思わなかったわ。なにか感想はあるかしら」

思いがけない展開は、それを受けとめるほうである彼にとってこそ、衝撃は大きいものだった。

「人生は、なにがどうなるか、まったくわかりませんね」

という彼の返答に、

「でも」

と、朱音は言った。

「それからずっと、おたがいにすぐ近くにいたのだから、あるときふと距離が詰まって、急に親しくなることに、さほどの無理はないのよ。どうかしら」

「なにも無理はありません」

彼の首にまわしていた片手を離し、自分の腰のうしろへとまわした彼女は、ドアの鍵を後ろ手にさぐり当てた。金属製の大きな半円形のつまみを右に向けて水平に倒せば、それで鍵はかかるのだった。彼女の指はそのつまみを水平に倒した。

2

「もうじき夏ですね」

「夏をふたりで過ごしましょう」

「僕はいま、十七歳の夏を、思い出しています」

「十年前のことね」

「覚えてますか」

「さあ。なにかは覚えてるでしょうけれど、私はなにを思い出せばいいの？」

「井の頭公園のプールです」

「あら、覚えてるわ。いっしょにいったのよ。私の女の友だちが三人いて、男の子はあなただけの、五人だったわね」

「朱音さんに誘われたので、いっしょにいったのです」

「私があなたを誘ったの？」

「そうです」

「あなたの家の前をとおりかかったら、そこにあなたがいたので、誘ってみたのかしら」

「まるで違います」

「どんなふうに違うの？」

「前の晩に、朱音さんが僕の家へ来て、明日はプールへいかないかと、誘ってくれたのでした」

「なにも覚えてないわ。ほんとにそうだったの？」

「ほんとです」

「十年前だから、私は二十一歳よ」

「そうでした」

「なぜ、わざわざ、あなたを誘ったのかしら」

「なぜですか」

「わからないわ。ひょっとして、そのときのことが、いまのここへと、つながってるのかしら」

「つながっています」

「教えて」

「木造二階建てのような建物で、二階が屋上でそこがプールなのです。プールの周囲も板張りで、木製の手すりでぜんたいのスペースが囲まれていました。すべて木造なのです。樹に囲まれていて、ちょっと不思議な雰囲気でした。プールの周囲の、板張りのスペースがかなり広くて」

「覚えてるわ。はっきりと思い出せるのよ」

「水の冷たいプールでした」

「そうだった？」

「とびきり冷たい水でした」

「あなたが十七歳だった夏のある日、私とあなたは、そのとびきり冷たい水のプールで、いっしょに泳いだのね」

「白地に赤と青で縦縞の入った、目の覚めるほどにくっきりと華やかな水着でした」

「あの水着だったのね。いまでもクロゼットのどこかに、かならずあるはずよ」

「よく似合ってました」

「いっしょにいった友だちは、三人とも思い出せるわ。でも、あの三人の誰もが、いまは音信不通なのよ」

「三人とも美人でした」

「そうね。きれいな人たちだったわね」

「どの人もそれぞれに、自分の周囲にある現実のなかに、早くもしっかりとからめ取られ、はまり込んでいるような印象を、僕は受けました」

「それは、彼女たちをたいへんに正しくとらえた印象だと、私は思うわ」

「朱音さんにはそのような印象は希薄で、したがって朱音さんだけは浮いているように見えました。他の女性たちは簡単に説明がつくのに、朱音さんに関しては説明がつかない、という印象です。ですから朱音さんが、いちばん美しく見えてました」

「冷たい水のなかで、十七歳のあなたは、そんなことを思ってたの？」

「あの冷たい水のなかで、いま思えば無心に、僕は泳いでいたのです。うしろから接近して来た朱音さんに、僕は気づきませんでした。朱音さんはいきなり僕の両肩にうしろから手をかけ、僕の背中に乗り、僕を水のなかへと沈めたのです。その僕とともに水のなかに沈みながら、朱音さんはうしろから僕に体を重ねて両腕で抱き、両脚を僕の脚にからめて締めつけたのです」

「ほんとの話なの？」

「ほんとです」

「あなたの創作ではなくて」

「僕に抱きついている朱音さんの体を背中や尻に感じながら、プールの底に向けて沈みきったところで、僕は朱音さんに向き直ったのです。水のなかで朱音さんは笑ってました。ふたりは浮かんでいき、水の上に顔を出したのです。朱音さんの両腕がふたたび僕をとらえ、朱音さんに抱きしめられたまま、僕たちは水のなかへ沈んでいったのです。沈みながら、僕も朱音さんを抱きました」

「なにも覚えてないわ」

「僕だけが覚えていればいいのです」

「それから、どうなったの？」

「水のなかで朱音さんは僕の脚に両脚をからめ、僕たちはぴったりと抱き合うこととなったのです。そのときの僕がいちばん驚いたのは、朱音さんのあの水着の生地の、思いがけないごわごわとした手ざわりでした。生地じたいがごわごわしてましたし、ぜんたいにわたって小さな凹凸が、びっしりと連続していました」

「生地ぜんたいがゴム編みのようになっていて、しかも小さく波うっていたわ。確かにごわごわしたでしょうね。着ている当人にとっても、着心地はあまり良くはなかったのよ。一九五七年のことでしょう、女性の水着の素材なんて、まだまだ不充分なものでしかなかったのね」

「水面へと浮かび上がっていきながら、おたがいの体にまわしていた腕を、僕たちは離しました。水面に出て、朱音さんは首を鋭くひと振りして、濡れた髪を頭のうしろへとまわしたのです。直射して来る陽の光のなかで、僕は朱音さんの笑顔を至近距離から見ていました。僕たちはプールの縁に向けて泳いでいき、同時にプールを出たのです。プールの縁に両手をかけ、水のなかで弾みをつけた体を、水からプールの縁へと持ち上げる一瞬の動作のなかの朱音さんを、僕は自分のすぐかたわらに見ました。朱音さんの太腿の曲面を水が流れ落ちていくのを、僕は見ました。プールの縁へと上がっていく太腿の動きも、僕はくまなく見たのです」

「プールを出て、あなたは椅子にすわったでしょう。なんとなくぼんやりと、その光景を私は覚えてるような気がするのよ」

「木製の囲いないしは手すりの内側に沿って、椅子がいくつも置いてありました。そのなかのひとつに、僕はすわったのです。少し離れたところに立って、朱音さんは友人たちと話をしていました。その朱音さんを見ながら、水のなかで自分と重なり合った朱音さんの肌の感触や、朱音さんの体にある、自分のとはまるで異なる奥行きの深さなどが、僕の体の感覚の内部によみがえって充満したとたんに、僕には強烈な勃起が起こったのでした」

「あら、あら」

「一瞬のうちに、完璧に完成した勃起でした。海水パンツ一枚の僕は、脚を深く組んでその勃起を隠そうとしました。上体を前かがみにしてさらに隠し、勃起がおさまるのを待ったのです。しかしそれはおさまることなく、そのままに、ずっと続きました。十七歳の僕は、その勃起に狼狽しました。僕はいきなり椅子から立ち上がり、腰をかがめて上体を前に倒した姿勢で、椅子からプールの縁に向けて走りました。そしてプールの縁から、両腕を揃えてのばし、水面に向けてダイヴしたのです。自分の体が空中にある一瞬、僕はその自分を真横から見た状態を頭のなかに描きました。水泳パンツのなかの勃起は、空中でパンツを突き上げ、無防備にその姿をあらわにしているのです。こんな姿勢で飛び込むべきではなかった、なぜ足から飛び込まなかったのか、と本気で深く後悔した次の瞬間、僕は水のなかに頭からもぐり込んでいました。勃起がおさまるまでずっと、僕は冷たい水のなかを、あてどなく泳いで過ごしたのです」

「まあ、そうだったの。私はなにひとつ、気づかなかったのよ。おさまって、すぐにまた勃起する、ということはなかったのかしら」

「なんとか抑えました。大変でした」

「それは少年の性欲なの？」

「きっとそうです」

「そのときそう言ってもらえれば、なんとかしてあげることは出来たのよ。でも、あなたが十七歳で私が二十一歳というのは、少し早すぎるわね。早すぎて良くないわ。いまがちょうどいいのよ」

「僕もそう思います」

今日は七月第二週の月曜日だ。外には梅雨の雨の降る午後がある。午後はゆっくりと進行している。初めのうち、これで何度目、と彼は数えていた。しかし、それはもう、やめにした。いまもそうであるように、最初のときからずっと、場所はここだ。彼女の家の東の端にある、彼女の寝室だ。一度だけ、彼女は三百メートルほど離れている彼の自宅へ来て、彼の部屋で抱き合った。

彼女の骨盤の奥へ深々と彼が突き刺さっているとき、「私はあなたの女なのよ。なぜかというと、女がひとり必要だからよ。わかるでしょう」と、彼の頭を抱き寄せて、彼女は彼の耳のなかに囁く。必要がいままさに満たされつつあるとき、そのような端的なひと言が、彼女の唇からの囁きとなって、彼の内部へと浸透していく。

おたがいにこのような状態にあるときの彼女を、彼はすでに何度も体験した。体験を重ねれば重ねるほど、彼女をより深く知ることになるのだろうか。五月の晴れた日、ふたりで神保町へいって書店をめぐり、ラドリオでコーヒーを飲みバラライカで夕食をした日の彼女を、いま彼が知っている彼女とくらべると、あの五月の日の彼女は、彼女という人のほんの一部分でしかない。

より深く知れば、彼女の魅力はいっそう深まる。性的な魅力はきわめて大きい。彼女を知れば知るほど、彼女の性的な魅力は、その陰影を深め、したがって彼に対してより強く作用する。と同時に、そのような魅力のただなかに、彼女という人そのものが、よりいっそうくっきりと、際立っていく。なにに対して、それは際立つのか。五月のあの日から、ふと思い出しては考えてきた彼は、ついさきほど回答を得た。

自分にとって彼女は、究極の他者ではないか、と彼はいま思っている。なんとなくそう思うという程度の単なる思いではなく、それはすでに確信に近い。彼女はなにからなにまで、自分とはまるで異なる。だからこその、これだけの魅力だろう。彼女は自分の対極だ。それでは、と彼は考えた。自分とは、なになのか。やがて小説を書こうと思っている人。定義にもなににもならないワン・フレーズだが、いまの自分には、これがなんの無理もなしに当てはまる。

自分がやがて書く小説には、男性の登場人物とともに、女性たちも登場するはずだ。もしひとりの女性が主人公になるとしたら、いま抱き合っているこの女性のような人を、自分は描き出さなくてはいけないのか。聞こえて来る雨の音に気をとられて、彼の思考は中断した。

「小説のことは考えてるの?」

と、彼女が言った。

「考えてます」

「どんな小説になるのかしら」

「まだなにもわかりません」

「本屋さんへいくとあなたの書いた小説が棚にあって、それを私は買って読むのね。楽しみだわ。大学生のとき、現代日本文学というゼミナールを受講していた話は、したわね。着物作家のことも。作中に登場する女性たちが身につける着物についての話をしてくださった作家とは違う作家のお話も、おなじゼミで聞いたわ。いろんな女性とおつきあいした経験のなかから、かたちを変えて、小説のなかの女性たちが生まれて来るのですって。本当かしら。あなたにとって、この私は、つきあったいろんな女性たちの、ひとりになるの? これは私かな、と思えるような女性を、あなたの書いた小説のなかに見つけたら、楽しいかしら」

彼女のそのような言葉に、いまの彼は返答に値する内容を持っていなかった。

「知らないことは書けない、というお話とつながってくるわ。知っていれば書けるかもしれないのだから、私を知れば私のような人は書けるし、そこから別の女性が派生してくる、ということもあり得るわね」

「そんなに簡単なことですか」

「よくわからないわ。でも、私なら、書ける？　知りかたが足りなければ、もっと知ればいいのよ」

彼の腕のなかから出て上体を滑らかに起こし、同時に白い太腿を開いて彼にまたがる彼女を、彼は下から見た。彼女の裸の体が持つ、息をのむような量感の美しさや魅力の底に、完璧な他者というひとりの人がいるのを、彼は見た。これほどまでの他者を、いったいどのような物語のなかに、どんなふうに書けばいいものか。パニックに近い感情が自分のなかに広がるのを、彼は冷静に自覚した。そしてその冷静さの一端で、いまここでこんなことを思っている自分とはなになのか、と彼は考えた。答えはなかった。

雨の日の午後はすでに遅く、夕暮れへと接近しつつあった。この寝室の窓には、カーテンがなかば引いてあった。そこから入って来る光には、夕暮れのほの暗さの最初の部分があった。

「助教授ですって。この私が」

と、朱音は言った。

3

「けっして早すぎるわけではないから、いかがですか、という話をいただいてるの」

「水上先生、と僕は呼びます」

「そうなのよ。しかたがないわね」

「嫌なのですか」

「嫌ではないわ。でも、通過していかなければならないプロセスなのだ、という自覚が前面に出て来るのは、どうすることも出来ないわね。社会の階段を上がっていくということは、こういうことでもあるのかしら」

「水上先生」

「決心しなくてはいけないの。神戸なのよ、赴任先は。神戸の女子大ですって。どう?」

ふたりのあいだでは、重要な話題がしばしば、寝物語として語り合われた。裸で抱き合って過ごす時間が多い、と言うよりも、ふたりでいるときにはほとんどの場合、裸になって抱き合う。そしてそのように過ごす時間のなかで、さまざまなことが語り合われた。

「似合います」

と、彼は言った。

「すくなくとも外見的には、神戸の女子大は、朱音さんによく似合います」

「嫌だわ、とは言ってないのよ、私も」

「いい話です。つまらない話ではありません」

「そうね」

今日のふたりは彼の自宅の寝室にいる。彼の両親はお盆で外出している。今日は帰って来ない。ふたりは彼のベッドに裸で横たわり、抱き合っていた。

「神戸は母の出身地なの。だから神戸へいけば、ほとんどいつも、母と会うようになるわね。父も、仕事の本拠地は、本来は神戸なの」

「お母さんと生活するのですか」

「どうかしら。教職員の寮があるんですって。設備の完備した、たいそう暮らしやすい、きれいなアパートメント式の寮だと言ってたわ。既婚者用と独身者用の建物が、広い敷地のなかで公園のようなスペースをはさんで、向かい合ってるそうよ」

「快適そうですね」

「私は八歳まで神戸で育ったの。そして東京へ移ってからは、ずっといまのあの家よ。赤い三輪車で遊んでた坊やが、すぐ近くの家にいたわ」

「四歳の僕です。あの三輪車は物置にまだあります」

「父はまだしばらくは東京の生活ですって」

「しばらくとは？」

「二、三年から数年でしょうね、よくはわからないけれど。だから私が神戸へ移ること以外に、変化はないのよ。東京の自宅は父がひとりで生活を続けてあのままだし、私の部屋もいまのまま。将来の水上教授の研究室だ、と父は笑ってたわ」

自分の鼻先や頬が触れている朱音の美貌を、彼は至近距離に見た。困ったような表情を浮かべて淡く微笑した彼女は、

「私がここにいなくなったら、あなたは困るのかしら」

と言った。

「困ります」

彼が答えた。そして、

「たちまち困ります」

と、つけ加えた。

「私もよ」

「そうですか」

「おあいこね」

「はい」

「私は神戸と東京を行ったり来たりの生活になるわね。あなたもたまには神戸へ来て」

「いきます」

「教壇に立つのは来年の春からなのよ。だから今年の秋と冬を大事にしましょう」

「まず行く夏を惜しまないと」

「そうよ。夏のあいだに一度、いっしょにプールへいきたかったわ。井の頭公園に、あのプールはいまでもあるのかしら」

という彼女の質問に、

「もうないでしょう」

と、彼は答えた。

「プールでもう一度、あなたに勃起させたいわね」

「プールでなくとも」

彼の言葉に彼女は笑った。

すぐに秋が来た。来たと思ったら去っていく秋の裾に冬が重なり、その冬も思いのほか早くに終わった。冬が終われば、そこにあるのは春先の陽ざしだった。

神戸の女子大への赴任は秋のうちに正式に決定していた。春先から彼女は頻繁に神戸へいくようになり、その状態がさらに進展すると、一週間あるいは二週間ほど神戸に滞在したのちに東京へ戻って来る、という状況になった。そして次の週の月曜日からは神戸の女子大で教える日々となる金曜日に、彼女は東京へ帰って来た。その前日、木曜日の夜、自宅にいた彼に彼女から電話があった。

「明日は東京なのよ」

「会いたいです」

「私だってそうよ。自宅でもいいのだけれど、こういうことをしてみたかったので、ホテルへ来て」

「東京のホテルですね」

「明日の午後二時には、私は東京駅に着きます。三時にはホテルの部屋にいます」

「では三時に、僕はそこへいきます」

「待ち遠しいのよ」

低くした声で彼女はそう言い、ホテルの名と部屋の番号を彼に伝えた。

次の日、金曜日は、春を感じさせる気温の日だった。午後の三時過ぎには、朱音が泊まっているツインの部屋の片方のベッドで、彼は彼女と結ばれていた。部屋のドアを開いて彼を迎えたのは、姿の良さを春のスーツで引き立てた朱音だった。見るからに仕事の出来そうな怜悧さと、仕事などいかなる種類にせよなんの関係もない人のような美しさとその魅力という、両極端がひとつにまとまった様子を、彼は初めて見るものとして受けとめた。ベッドの上で結ばれているさなか、結ばれた腰から彼が上体を起こして見下ろす彼女の、肩幅の広さ、そしてそれにつながる胸板の厚みに、彼はいまの自分にとっての、存分な手応えのようなものを感じた。

夕食の時間までそのようにしてふたりは過ごし、遅めの夕食はホテルのなかで食べ、そのあと部屋に戻った彼らは、ふたたび結ばれて過ごした。彼はその部屋に泊まり、次の日、昼食もホテルのなかでふたりで食べ、昼過ぎにチェック・アウトした。彼は見送るだけだから手ぶらだ。彼女の荷物を彼が持ってドアの前までいき、そこで彼女が彼を抱きとめた。

「私はあなたの女なのよ。もちろん、あなただけだから、あなたも私だけにしてくれないと、いけないわ」

「そのとおりです」

「神戸まで抱きに来て」

「いきます」

抱き合うふたりの姿が、ドアのすぐ脇の壁にある姿見にすべて映っていた。

ホテルから東京駅へいき、予定どおりの新幹線に彼女は乗客となり、それを彼はプラットフォームで見送った。今日の彼には仕事はなかった。だからなにをしてもいいし、なにもしなくても、それはそれでいいのだった。東京駅から彼は中央線に乗り、お茶の水までいった。プラットフォームから階段を上がって駅を出た。線路と神田川、そしてその対岸を見下ろして、古書店や食事の店がならんでいるなかの、穂高という喫茶店に入った。外の景色を眺めることの出来る窓ぎわの席にひとりすわり、彼はコーヒーを飲んだ。この店に彼が入るのは、ほとんどの場合、雑誌に掲載される原稿を書くためだ。しかし今日は違った。今日の彼は昨日から続いている水上朱音との関係のなかにいた。その関係は終わったわけではないが、東京駅で彼女が乗った新幹線を見送ったあとであるいまのこの状態は、本になぞらえるなら第一章の終わりなのだろうか、と彼は思った。よく晴れた春の日の、陽ざしのある景色を彼は眺めた。

店を出るとき、支払いをしている彼の背後で、中年の男性が店の赤電話を使っていた。小野田が釣銭を受け取ると、男は電話を終わった。だからそれを小さなきっかけとして、彼はその赤電話で近くにある雑誌社に電話をかけ、知り合いの編集者が編集部にいるかどうか、電話に出た女性に訊いてみた。お待ちください、と言われてしばらく待つと、川崎というその編集者が電話に出た。川崎は小野田良彦が卒業した大学の学部の先輩で、小野田よりもちょうど十歳、年上だった。今日は近くをうろうろしてます、と言った小野田に、三時に会おう、と川崎は言い、喫茶店を指定した。川崎がいつも指定する、彼の会社のすぐ近くにある喫茶店だ。

穂高を出た彼はお茶の水橋から坂を下り、明大の前をとおって駿河台下の交差点へ出た。坂を下って来る途中、昨年の五月に水上朱音と初めて神保町へ来たときのことを、彼は思い出した。あれから間もなく一年になる。あのときふたりで歩いたのとおなじ道筋を、いま自分はひとりで歩いている。いまから二時間もすれば、彼女は神戸に到着してあの新幹線を降りる。彼女は神戸、そして自分はいまもこうして東京の一角にいる。関係は続いているが、離れ離れになってしまった。昨年の五月のあの日と、ほとんどおなじようにひとりで神保町を歩き、夜までそこで過ごすことを彼はふと思いついた。書店を何軒かめぐるうちに約束の三時となった。指定されたエリカという喫茶店へ向けて、彼は靖国通りを神保町の交差点で渡った。

店は混んでいた。奥の席から川崎が手招きしているのを、小野田は見た。いつもの機嫌のいい笑顔の川崎と、ふたり用の小さなテーブルで、小野田良彦は差し向かいとなった。川崎とはすでに五年近いつきあいだが、彼が不機嫌そうな顔をしているのを、小野田はまだ一度も見ていない。

「電話をもらったのは、いいタイミングだった、ちょうどよかった」

小野田のコーヒーを自分で店主に注文して、川崎はそう言った。

「おまえに電話をかけようと思っていたとこだった。もう春だねえ。今日なんか、つくづくとそう思う。大晦日や初詣が、つい昨日のことだったのに」

川崎のその言葉に、

「すぐに桜が咲きます」

と、小野田は言ってみた。

「編集部のデスクにひとり向き合って椅子にすわってね、窓から見える春の空を見ながら、企画を考えてたんだ。もうじき初夏だなあ、などと思ってると、心が広がってね、企画のひとつやふたつ、たちまち思い浮かぶ。気持ちは早くも初夏だから、目には青葉だよ。山ほととぎす、そして初鰹さ。新緑の青葉に陽ざしがきらめいている景色は、大変に結構だ。初鰹は、その季節になったら、うまい鰹を食わせる店があるから、いっしょにいこう。誘うよ。この俺がそういうことを忘れるということは、あり得ない」

聞きなれたいつもの調子で楽しそうに喋る川崎の言葉に、エリカのこのコーヒーはよく調和している、と小野田は思った。

「山ではほととぎすが鳴いてるのも結構だが、俺たちはこうして街のなかで、せわしなく仕事をしている。その俺たちが街のなかを見渡して、そこになにがあれば、青葉や初鰹とおなじようにうれしいか、ということを考えてみた」

「回答は出ましたか」

「出たよ。女だ」

「例によって」

「なんでも女に結びつけとけば、企画になるんだよ。山ではほととぎすが鳴いている。新緑の青葉には陽ざしがきらめいている。初鰹はかならず食う。そして街を見渡せば、いい女が、ひとり、ふたり、三人と、何人もいるはずだ。新緑の日本を見渡せば、この十人のいい女、という企画だ。新緑の日本、この十人の、いい女。この企画を、ぜひおまえに書いてもらいたい。いい女とは言っても、どこかのキャバレーへいくとそこのホステスのナンバー・ワンがいい女、といった俗世間の具体的な話ではなく、ここはひとつ、架空のいい女、ということにしようと思う。フィクションのなかの、いい女。最近の映画のなかで日本の女優が演じている女に、これは、と思うような女性がいれば、それは俺の言う、十人のいい女のひとりさ」

「十人ですか」

「記事になったときのタイトルの字面の問題として、十人は必要かな。七人、あるいは、十二人、というのもありだ。十人くらい、見つかるだろう。見つけてくれ。映画のなかに五人見つけたら、あとは小説のなかに三人、そして歌のなかにひとり、残りはテレビで探してくれ。テレビに出演している具体的なその人、ではなくて、テレビのなかで彼女が演じているこの架空の女性、という方向で探してくれ。どうだ。テレビでなくてもいい。なんでもいい」

「面白いです」

「おまえなら書けるだろう」

「書きます」

「架空のいい女を十人。なにしろ架空の話だから、書きかたにはひねりを効かせてくれ。文芸的でいいから、ひねりと言うか、エスプリと言うべきか。読んでいて、にやっと苦笑するような」

「映画のなかに五人というのは難しそうです。日本の映画は低調だということですから」

「どこに目をつけるかだよ」

「そうですね」

「だからこそ、おまえに頼むんだ」

「何枚くらいですか」

「女が十人だからね。つくすべき言葉はつくしたほうが面白くなるから、四百字詰めで二十枚」

「いいですね」

「そのくらいあれば、意はつくせるはずだ」

「努力します」

「さっきは、どこから電話をくれたんだ」

「お茶の水の穂高です」

「窓ぎわの席で執筆かい」

「今日は神田川の景色を眺めただけです」

「これから、どうするんだ」

「夕方まで、あれこれ、あちこち」

「締切りは来月の月末。余裕は充分にある」

「さっそく、女性たちを探し始めます」

「頼んだよ」

エリカでの一杯のコーヒーには、川崎という編集者を相手とした、以上のような会話がともなった。川崎とともに店を出ながら、小野田良彦は水上朱音のことを思った。ほどなく神戸に着くだろう。もう到着しているかもしれない。いまの日本を見渡して十人のいい女と川崎は言うけれど、水上朱音がひとりいれば、充分すぎるほどに充分ではないか。そう思いつつ川崎と別れた小野田は、朱音を架空の人としてとらえる自分を、自覚した。彼女が架空の人だったら、どうか。架空の人としての彼女。自分による彼女の知りかたがたいそう具体的であった事実を認め、その上に立って、彼女を架空の人としてとらえなおす。そんなことが出来るかどうか。

小野田はレコードの店に入った。広くはない店舗だが、片方がクラシック音楽のレコード、そして通路をはさんで向き合っているおなじくらいのスペースには、ジャズのレコードがあった。今日の小野田はジャズのLPを一枚ずつ見ていった。五枚くらいは買いたい、と思いながら見ていくのだが、どのLPに対しても、自分の気持ちが妙に焦点を結ばないことに、彼はやがて気づいていった。そんな状態の自分を、今日の自分には中心がない、と彼はとらえた。

ウィントン・ケリー。アーティ・ショウ。タル・ファーロウ。テリー・ギブス。それにゲイル・ストームとゴールデン・ゲート・カルテットを一枚ずつ、合計で六枚。中年の男性の店主に代金を払い、六枚のLPを紙袋に入れてもらうとき、中心がないゆえに気持ちがどのLPにも集中していない自分を、彼は強く感じた。そして店を出て歩道を歩き始めた彼は、ふと寂しさを感じた。この寂しさはいったいなにだろう、と彼は思った。心のなかの拠点をなぜか失い、したがって自分に居どころはなく、それが妙なつまらなさ、やるせなさ、悲しさ、あてどのなさ、空白感、喪失感、などの方向へと、自分を導いていく。なにか中心となるものを失った感じがいちばん強い。それは、なになのか。なにを失ったのか。

「小野田くん」

自分を呼びとめる男の声に、彼は足をとめて振り返った。さきほどの川崎よりもさらにいくつか年上の、小さな雑誌の編集長をしている湯沢という男性だった。彼の月刊雑誌に小野田はコラムを連載していた。

「もうじき締切りですね」

と、小野田は言った。

「それは毎月のことだ。いまの問題として、コーヒーはどうかい」

「いいですね」

「今日はこんなところで、なにをしてるんだ」

「ここへは毎日のように来ています」

「それはレコードだね」

小野田がかかえている紙袋に、湯沢は顎をしゃくった。

「そうです」

「レコードの次は、コーヒーだ」

と湯沢は言い、小野田が歩いていた方向へと、歩き始めた。

「ラドリオに入ろう」

小野田の頭のなかでラドリオは、当然のこととして水上朱音と結びついた。昨年の五月にふたりであの店に入り、コーヒーを飲みながら話をした。それ以後も、何度かふたりでそこへいったし、そこで落ち合うこともあった。路地にある入口ではないほうから、小野田は湯沢とともにラドリオに入った。この店も混んでいた。小さなテーブルで差し向かいになれる席を、女性の店員が用意してくれた。

「偶然だけど、会えてよかった。四月号からきみのコラムも内容を変えたい」

「連載は続くのですか」

「続くよ。ただし、内容を変えよう。いまのがつまらない、という意味ではない。誌面刷新と言うか、装いを新たに。時代は動いてる」

「そうですか」

「そうだとも。若いきみのほうが、敏感に感じているのではないか」

「大学を出て五年目になります」

「五年はひと区切りだよ」

と、湯沢は言った。

「そうですか」

「うん、大きなひと区切りだ」

テーブルに届いたコーヒーを飲む湯沢の様子を見ながら、小野田はこの五年間というもの、さらにはその五年間の自分について、思ってみた。そして突然に、水上朱音と交わした会話を思い出した。自分がいま楽しんでいる仕事もあと二、三年だ、と自分は言わなかったか。言ったはずだ。自分が大学を卒業して五年が経過した。

五年は大きな区切りだ、と湯沢は言う。大学を出てからの自分は、すでに大きくひと区切り、ついてしまった。いまの仕事もあと二、三年だ、と自分は朱音に言ったけれど、あと二、三年とは、これまでの延長線上の出来事として、つまり惰性としてならそのくらいは続く、という意味だったのではないか。五年で大きくひと区切りがつくなら、これまでの自分は終わったことになる。さきほどから自分が感じている、理由の判然としないなにかを失った感覚、ごく軽い不安に裏打ちされたようなあてどのなさ、方向の喪失感などは、これまでの自分が終わったことを、意識のすぐ下のあたりで自分が感じているからこそ、生まれてくるものなのではないのか。

「五年は大きなひと区切りですか」

と、小野田は訊いてみた。

コーヒーのカップを受け皿に置いて、湯沢はうなずいた。

「大きいよ。個人のスケールで日本社会の五年をとらえると、それはとてつもなく大きい。一九四五年が敗戦の年だ。それから五年で日本の世のなかは、それまでの自分たちを忘れてしまった。それほどに大きな五年間だった。一九五〇年から五五年への五年間、そして五五年からの五年間で、時代は一九六〇年代だよ。それもすでに前半が終わって、ほどなく後半も終わりを迎えようとしている。いまから二十年前、一九四八年の自分の生活状況を思うと、いまこの瞬間は夢のように大きく違っている。自分はこんな居心地の良い喫茶店でコーヒーを飲んでる。清潔なカップじゃないか。受け皿にスプーンまであるんだよ。砂糖なんて、もっとくださいとあの女性に言えば、無料でいくらでもくれるんだ。唐突かもしれないけれど、変化とはそういうことだ。戦後の日本社会は、五年きざみで激変して来た。それまでの自分たちを置き去りにしては、違う自分たちになっていくという、途方もない変化を、間もなく日本人は五回も経験しようとしている。六〇年代が早くも終わりつつあり、次の時代が轟々と音を立てて、眼前にあらわれている」

湯沢の真剣な口調と表情に、小野田良彦は確信を得た。大学を出てからの五年間という、これまでの自分は終わった。次の時代は轟々と眼前にあらわれつつある、と湯沢は言う。次の時代とは、なにか。そこで自分はどうするのか。これまでの延長線上に取り残されるのか。それとも、すでに始まっているはずの次の時代とのあいだに、刻一刻と広がりつつある谷間のような空間を飛び越え、次の時代のどこかに、自分は居場所を見つけるのか。そんなことが出来るものなのかどうか。出来るかもしれないと考えるなら、自分はなにをすればいいのか。一冊のちゃんとした本、という言葉を小野田は思い出した。これについても、自分は朱音に語った。仕事でつきあいのある年上の編集者から、自分が受けた言葉だ。このあたりでちゃんとした本を一冊書くことだ、とその編集者は言った。

小野田良彦が連載しているコラムの、四月からの内容について、湯沢は話を始めた。具体的なアイディアと抽象的な方針とのあいだを行き来する、はっきりはしないけれど魅力的な話だった。思考の周辺で、小野田はそれに受け答えをした。思考の中心には、水上朱音があった。昨年の初夏に始まった水上朱音との関係は、一年という時間をへた現在、その質を大きく変化させたではないか。

おたがいに自宅が三百メートルしか離れていず、時間による束縛がほとんどないふたりは、会おうと思うならいつでもただちに、会うことが出来た。そしてふたりがそのようにして会うとは、そのつど必ず抱き合って結ばれることだった。朱音は神戸の女子大へ赴任した。ふたりの距離は離れた。たいした距離ではないけれど、三百メートルというわけにはいかない。関係は続くのだが、その質は変わっていくだろう。自分の身の上にほぼ同時に起きつつあるさまざまな変化を先導するかたちで、象徴とも言っていいかたちで、自分と水上朱音との関係に、質的な変化がもたらされた。これまでのような関係はいったん終わったのだから、自分は朱音という女性を、なかばまでは失ったのだと言っていい。喪失感はそこから発生しているのではないか。

淡いけれども確かにある不安のような気持ち、あてどのない漂泊感、自分の中心が消えていることにふと気づくことによる欠落感などは、大学を卒業してから現在までの自分が、ひとまず終わりつつある事実の、無意識に近い領域での感知がもたらしているものだ、と言ってもいい。いまのような仕事もあと二、三年です、と自分は朱音に言っている。そしてそれ以前に、このあたりでちゃんとした本を一冊書かなくては、と年かさの編集者に自分は言われている。

これまでの自分が終わっていくと同時に、そのような自分が生きて来た時代というものが、湯沢が熱心に説くように、終わりを迎えている。これまでの時代とその次に来るべき時代とのあいだで、自分の足もとにある深い亀裂の幅が、急速に広がりつつある。これまでと決別して、どこかへ向けて、自分はその亀裂を飛び越えなくてはいけない。このようなことを意識のすぐ下あたりで自覚しているはずの自分は、どこかへ向けて亀裂を飛び越えることに、いかに淡くはあっても、恐怖は感じているのではないか。

連載コラムの内容について湯沢が語ることのすべてを、すでに終わった時代のこととして、小野田は受けとめた。内容がどこに落ち着こうとも、湯沢が満足するかたちで仕事としてこなすのは当然だが、今日の午後を境にして終わってしまった時代の名残りのひとつになることとは、小野田にとってはもはや確実なことだった。これまでの締めくくりとして、そしてこれからを始める足場として、自分が書かなくてはならない一冊の本とは、朱音と何度か語り合ったとおり、長編小説になるのだろうか。朱音との語り合いの時間に、小野田は強烈な郷愁のような感情を覚えた。

湯沢との話はまとまらなかった。湯沢はいろんな希望を語り、それに対して小野田は具体的な提案をいくつかおこなった。だがそのどれもが、湯沢にとってはいまひとつであり、まだ時間はあるからおたがいに思案を重ねよう、そして次の機会には酒の店で会って、アイディアを固めよう、というところまでは到達した。ほどなくラドリオを出て小野田は湯沢と別れた。

靖国通りの南側の歩道まで出て来て、小野田はその歩道の縁に立ちどまった。夕方まではまだ時間があった。道路の向こうを彼は見た。日活の映画館があった。入口の上に掲げてある絵看板が目に入った瞬間、映画を観よう、と彼は思った。あの映画館にはまだ一度も入っていない。街なみの一部分として見慣れてはいるけれど、自分はその前をとおり過ぎるだけだった。館内の雰囲気はどうなのか。二本立てのうち一本だけでも観ることが出来れば。そう思いつつ小野田は神保町の交差点まで歩き、そこで靖国通りを渡り、映画館まで引き返した。

二本立ての上映時間がタイム・テーブルに書き出してあった。腕時計が示している時刻とつき合わせると、いますぐに入れば上映中の作品が五分後には終わって次の作品が始まることを、彼は知った。彼は迷うことなく窓口で入場券を買った。

映画館のなかは空いていた。いちばんうしろの列の、通路に沿った席に彼はすわった。そしてそこでスクリーンを観て過ごした九十二分という時間は、小野田良彦に対して肯定的な効果を発揮した。

シリーズの何作目かであるらしいその活劇映画は、麻薬の密輸という犯罪をめぐって展開した。設定から展開のひとつひとつにいたるまで、なぜこうでなければいけないのか、その理由をすんなりと理解するのがまずかなり困難である、という出来ばえだった。シナリオの完成を待たずに撮影を始めたのではないか、などと小野田は思った。つじつま合わせがどうにもならなくなると、きわめて古い手口が唐突に採用された。おたがいに対抗する犯罪組織の、いっぽうの親分が重用する拳銃使いの女性の殺し屋は、じつは先妻とのあいだに彼がかつてもうけたひとり娘なのだが、その事実を彼だけはまだ知らない、というような手口だ。

スクリーンに写し出されるその映画を観ながら、最初の設定、そしてそこから始まっていく一連の物語の展開に関して、ここはそうではなくこうしたほうがいい、そこからの進展はそちらへは移らずにさきほどの話をもっと生かせ、というような提案を頭のなかで連ねながら、自分ひとりで作り直したもう一本の映画をも同時に観ていく、という作業を彼は楽しんだ。その一本だけを最後まで観た彼は、こういう時間もたまには悪くない、という思いとともに春の夕暮れの街へ出て来た。

夕食はいつも混んでいることで知られている店で、ひとりで盛大に食べた。靖国通りへ出て古書店をのぞきながら駿河台下の交差点までいき、そこからさらに淡路町までいき、脇道にあった喫茶店に入った。一杯のコーヒーを相手に、彼は今日という日の午後のおさらいをした。

これまでの五年間が急速に終わりつつあるという認識は、彼にとってはすでに確定された事実となっていた。確たる理由のない喪失感、それとどこかでつながっているような淡い不安感、初めて体験すると言っていい奇妙なあてどのなさ、方向を見失ったゆえの空白感などは、彼のなかできっちりとひとつにまとまり、いまでは自信のようなものへと変化していた。時代など好きなようにいくらでも変わればいい。自分としては、大学を出た二十三歳のときから、二十八歳になったばかりの現在までの五年間が、終わったにすぎない。次の段階へいけばいい。水上朱音が神戸へ赴任したという状況の変化は、自分にとっての次の段階というものの、象徴のような役を果しているのではないか、と彼は考えた。

彼女は神戸へいってしまった。これまでのように自由に会うことは出来ない。そのような状況の変化に比例して、自分と彼女との関係は少しずつ希薄になり、やがては消えてしまうのではないか、という恐れに似た感情が自分のなかに広がったことは確かだ。自分はいま失恋を体験しつつあるのではないか、とすら彼は思った。だがそれは彼の思いすごしだった。神戸まで私を抱きに来て、と彼女は泣き出しそうな顔で言っていた。彼女との関係はこのまま続いていく。現実の問題として、そこには基本的にはなんの変化もない。だから彼女と自分との関係をめぐっては、寂しさや虚ろな空白感などは、あり得ないはずだ。しかし、彼女が東京にはいなくなったことがきっかけになって、自分の心のなかにはぽっかりと空白になった部分が生まれ、そこを寂しさによく似た気持ちが満たしている様子を、どう説明すればいいのか。

水上朱音との関係は、あくまでも具体的なものとして、続いていく。そしてその関係のなかに、基本的には変化はなにもない。いまの自分のなかにある、寂しさに似た気持ちで満たされた、それ以外にはなにもない虚空のような部分は、朱音が神戸へと移ったことと緊密に連関してはいるけれど、本質的には別な問題なのではないか。身辺からいなくなった彼女、という具体的な変化が、なにほどか抽象性を帯びた虚空を心のなかに作り出した。

朱音は具体的な存在であり、それゆえに、場所がどこであれ、存在し続ける人だ。そしてそのことと反比例するかのように、どこにもいない人、という抽象的な存在が、自分の心にあいた風穴のように、生まれたのではないか。

水上朱音という女性の具体的な感触のディテールを、自分はすでに手に負えないほどに知っている。そのディテールを思い出しては言葉に置き換えて綴っていくと、水上朱音を言葉で模写したような人が、その言葉のつらなりのなかに浮き上がる。いない人についでは、そのようなことがいっさい出来ない。どんな人なのかまったくわからないのだが、性別が女性であることに関しては、小野田は自信があった。どこにもいない女性。ひとりなのか、それとも、複数なのか、それすら不明な、どこにもいない女性。そのような人を、今日の午後の自分は手に入れた。喫茶店の席で彼はひとりでそこまで考えた。論理の筋道に破綻はないはずだが、多少の飛躍はあるのではないか、と彼は思った。正確には飛躍ではなく、説明されきれていない部分、と言うべきか。

彼は喫茶店を出た。LPの入った紙袋を脇の下にかかえて持ち、淡路町の都電の停留所へと道路を渡った。停留所でひとり10系統を待ちながら、須田町と渋谷をつなぐこの都電が今年じゅうに消えることについて、彼は思った。

4

昨夜の小野田良彦は遅くに帰宅した。だから今日の彼は昼前に目覚め、両側の壁が床から天井まで収納棚となっている渡り廊下を抜け、母屋のキチンへ入った。母親がひとりで昼食を食べ終えようとしていた。

「僕にもなにかありますか」

「ありませんよ」

「残り物でも」

「私がなにかを作れば、私はそれを食べきるので、残り物は出ません」

「沢庵ひと切れでも」

「ないですよ」

「自分で作るほかないですか」

「あたりまえでしょう」

食べ終わった母親は、自分の使った食器を洗い始めた。

「ああ、そうだ、忘れるとこ」

と、母親は言った。

「三津子さんから電話がありましたよ。昨日の夕方」

「はあ」

「三津子さんは、どうしてるの？　あなたがいなくて残念そうで、話はそこで終わってしまって。まだお勤めしてるの？」

「そのはずです。会社を辞めたい、という相談かもしれない」

「そういう状況なの」

「どうかな」

「そんな相談をされる仲なの」

「高校の同級生だからね。三年間、ずっとおなじクラスで。机はアイウエオ順に左端の最前列から始まるので、僕と彼女はいつも隣どうしだった。彼女が僕の右側」

「嫁にもらったら」

「いきなりそんな話へ飛ぶのですか」

「いい歳でしょう」

「お母さんのことを彼女は信頼してます」

「お母さんとは、この私のこと？」

「そうです」

「いい子だけど、もう二十八だわね」

「それがどうにかしましたか」

「別に深い意味はないのよ」

「僕だって二十八です」

「ふたりともすぐに三十だわねえ」

母親は食器を洗い終えた。

「いくつになっても友だちなら、電話してあげて」

「はい」

と答えた小野田は、三津子がなにか相談したいのなら僕を相手にしても始まらない、と思いながら冷蔵庫のドアを開いた。なかにあるものを点検しながら、連想として彼は水上朱音のことを頭に浮かべた。三津子は朱音に話を聞いてもらうといい、とかつて彼は思ったし、いずれ紹介します、と朱音に言ったはずだ。朱音とは三日前に電話で話をした。五月になれば休みが取れるから東京へいく、と彼女は言っていた。三津子と朱音を引き合わせるのは、そのときがいいのではないか。

北村三津子はぜひとも朱音のような人と知り合い、話をするといい、僕では相手は務まらない、と小野田は思った。三津子が知り合うべき人は他にもいるだろう。誰がいるか。小野田のなかで連想はさらに働き、中野百合江が彼の頭のなかに浮かび上がった。そうだ、百合江だ、彼女こそ三津子の話し相手にふさわしい。そのように判断する自分に、小野田は軽い達成感のようなものすら覚えた。

中野百合江は新宿にあるパブロというバーのカウンターにいる女性で小野田とおなじ年齢だ。経営しているのは彼女の母親だが、店という現場を引き受けているのは百合江だ。百合江の母親は舞台女優だ。百合江には五歳年上の姉がひとりいる。その姉は詩人として知られていて、小説も書く人だ。こういった背景がパブロの客層をほぼ決定していた。文壇や演劇、新聞、雑誌の世界、そしてその周辺で仕事をしている人たちだ。

ひとりで昼食を食べながら、小野田は今日の予定について考えた。中野百合江には自分もぜひ会いたい。今日の午後七時にはパブロへいくとして、そこから逆算すると、今日が締切りとなっている原稿を夕方の五時までには書き上げる。その原稿を持って水道橋にある出版社までいき、担当の編集者に手渡す。そしてそこから新宿へ引き返し、どこかで軽く夕食をすませたのち、パブロへと向かう。書くべき原稿の内容について、彼は思った。

昼食を終えた小野田は、使った食器や調理器具などを洗った。そして自分の部屋へいき、コーヒーをいれた。デスクに向かって椅子にすわり、書くべき原稿のための材料を点検した。コーヒーを飲み終える頃には、点検も終わった。一杯のコーヒーは原稿を書き始めるための有効な助走路として機能した。

思っていたよりも早くに、原稿は書き上げることが出来た。したくをして彼は家を出た。母親は訪ねて来た知人とともに母屋にいた。世田谷代田の駅まで歩き、小田急線で新宿へ出た。そして総武線で水道橋だ。駅の近くにある小さな三階建ての建物が、その出版社だった。担当の編集者があらわれて原稿を受け取った。焼き鳥とビールの好きな男で、小一時間どこかでつぶしてもらえれば、いつもの店で落ち合うことが出来るがどうか、と小野田は誘われた。今日は予定があるのでぜひこの次に、と断っているとき、北村三津子をパブロに誘う、というアイディアを得た。たいへんいいアイディアだと思い、出版社の建物に入ったところにある赤電話で、小野田は三津子の会社に電話をかけた。交換台の女性が小野田に応対した。お待ちくださいと言われてしばらくしてから、北村は本日は定時に退社しております、と言われた。

　小野田は水道橋から新宿へ戻った。地下街へ入り、そこを歩いて三丁目まで引き返し、地上に出て靖国通りを越えた。パブロへいくのはこれで何度目だろうか、と小野田は思った。しばらくいっていない。最初に連れていってくれたのは、先日の神保町で偶然に会った、湯沢という年かさの編集者だ。連載コラムの内容に関する案は、まだ彼に提示出来る状態にはなっていなかった。ひょっとしたら湯沢はパブロにあらわれるかもしれない、と小野田は思った。湯沢が教えてくれた、わかりにくい場所にある洋食の店で、小野田はひとりの夕食を軽くすませた。そしてパブロまで歩き、ドアを引いて店に入ったのが、七時前だった。

　ほどよい広さの長方形の店だ。右側にゆるやかな曲線を描いて、カウンターが奥までのびていた。カウンターは低く、ストゥールのかわりにひとりがけのイージー・チェアが、曲線に沿ってならんでいた。テーブルの席は丸い小ぶりなテーブルを、おなじ造りのイージー・チェアが、テーブルごとに三つないしは四つ、囲んでいた。この店のイージー・チェアはすわりやすい。米軍基地の将校クラブの払い下げだということだ。カウンターもおなじクラブからのもので、そこが新装されるとき解体して持ち出し、この店に使われることになった。パブロが開店したのは、ダグラス・マッカーサー元帥が日本を去った年の夏だったという。

フロアは板張りだ。そしてその板は分厚いのだろう、そこを歩くときの感触はたいそう心地良いものだ。壁は板の部分と煉瓦を積んだ部分とに分かれ、その配分は適切で落ち着いた雰囲気を作り、あちこちにある観葉植物が効果を上げていた。余計なもののない快適な空間だ。店の奥には低い楕円形のテーブルを革張りのソファが囲んだスペースがあり、そこに中年の男性客がふたりいた。中野百合江はシャツ・ドレスを着てカウンターのなかにひとりで立っていた。

中野百合江を見るたびに、彼女はこの店にそぐわないのではないか、と小野田は思う。思いがけず端正な顔だちの、もの静かな雰囲気のある細身の美人だ。表情を消してふと目を伏せたりすると、静かな雰囲気は影で縁取られる。なぜだかその理由は小野田にはまだわからないが、そのような影に文句なしに調和するように、百合江は髪をまとめている。立ち居振る舞いは静かに滑らかだ。湯沢に連れられて小野田が初めてここへ来たとき、客としてカウンターにいたプロの奇術師が手品を披露していて、百合江はその奇術師の助手役を務めていた。店の女性ではなく、奇術師が連れている女性なのだ、と小野田は思った。

百合江と知り合い、話をする機会を重ねると、百合江の印象は大きく変化した。打てば響く、という言いかたがあるが、打てば響きすぎる百合江が、それをどのあたりでどのように意識的に抑制するかが、百合江という女性の多面的な魅力だった。

店に入って来た小野田を迎えた百合江は、微妙にカーヴしているカウンターの、まんなかあたりを片手で示した。そして、

「どうぞ、中央へ」

と、言った。

「あそこがこのカウンターの、まんなかなのよ。両端から計って、おなじ距離のところ」

彼女にそう言われるままに、彼はその位置までカウンターに沿って歩いた。そしてイージー・チェアをうしろへ引き、それにすわった。カウンターをはさんで百合江は彼と向き合った。

「今日は静かな日だと思うわ」

百合江が言った。

「そういう日がたまにあるのよ。今日は、そういう日」

「ハイボールをください」

「急がなくてもいいのよ」

「飲みたいのです」

「ウィスキーにお好みの銘柄はあったかしら」

「まかせます」

うなずいた百合江は、店の入口に近いほうへ歩き、そこでハイボールを作った。ハイボールの満ちたグラスをふたつ持って、すぐに小野田の前へ戻って来た。

「せっかくだから、乾杯しましょう」

百合江の言葉にグラスを持ち上げ、彼女のグラスと縁を合わせた。ひと口飲んだ彼は、

「うまい」

と言った。

「四本の赤い薔薇の花」

そう言って彼女は、さきほどまで自分がいたあたりを指さした。棚にならんでいる酒瓶のどれかを指さしたのだろう、と彼は思った。瓶に貼ってあるレイベルに、赤い薔薇の花が四つ描かれているのを、彼の視線は探し当てた。

「確かにおいしいわ。素敵な香りね。あの薔薇は、刺のない薔薇なのですって。いつだっ

たか植物の専門家がお客さんでいらして、瓶の絵を見てそうおっしゃってたの」

さらにひと口飲んで、小野田はグラスをカウンターに置いた。そして彼の視線は、グラスのすぐ隣に赤く描かれた矢印をとらえた。赤いボールペンを使って、木材のなかに塗装ごしに強く描き込まれた、面白いかたちの矢印だった。

「矢印が僕を指しています」

その矢印を左手の人さし指で示して、小野田が言った。

「気がついた？」

微妙にけだるい質問型で、百合江が訊いた。そして、

「そこがこのカウンターのまんなか、という意味なのよ」

と、つけ加えた。

「外国的な矢印ですね」

「米軍基地からもらい受けてきたカウンターですって。椅子やテーブルも。矢印はアメリカの兵隊が描いたのかもしれないわね」

「がっしりしたカウンターです」

「居心地はいいわ」

「今日は湯沢さんは来るでしょうか」

「わからないわ。でも、二、三日前に、見えたのよ。あなたが初めてここへ来たときは、湯沢さんといっしょだったわね」

「そうです」

「あなたも小説を書くんですって？」

そう訊いて百合江はハイボールを飲んだ。

「まだ書いてはいません。これから書くのです」

「そういう意味で訊いたのよ。いつだったか、でもごく最近、ここであなたのことが話題になってて、あいつも小説を書くんだよなあ、と言ってる人がいたの」

「湯沢さんたちですか」

「いいえ。湯沢さんではなく、誰だったかしら。何人かで、わいわいと騒いでた人たち」

「これから書くのです」

「なぜ？」

という端的な質問に、

「個人的な事情で」

と、小野田は応じた。そして、

「一身上の都合で」

と、言い換えた。

昼の片端で百合江は淡く微笑した。

「小説を書くのだと聞いて、あらあら、と私は思ったのよ」

「なぜですか」

「私には五歳年上の姉がいて、小百合というのよ。娘はすべて百合でまとめると母親が言って、姉は小百合、そして私は百合江」

「歩く姿は百合の花、という言葉があります」

「歩いても仰向けに大の字でも、百合は百合でしょう」

「そうですか」

「姉は詩人として知られてるけど、小説も書くのよ。小説と言っていいか、それとも妙な散文と言うべきか。物語も主人公もなくて、そのかわりに、描写や記述だけがあるの」

「二冊読みました。僕は好きです」

「読んでいくと、悲しくなってくるでしょう」

「なぜだかわからないけれど、どんどん悲しくなります。そしてそれに惹かれて、最後まで熱心に読んでしまいます。具体的な根拠はどこにもない悲しさですから、読んでいるときも、読んだあとも、いい気分です」

「あなたは、どんな小説を書く人なの？」

「これから書きます」

「このハイボールのような小説」

と、百合江は言った。

「それもいいですね。短編ですか」

「そうね。このハイボールを、男にするか、女にするか」

という百合江の言葉を、小野田は受けとめた。そして自分なりの理解を、次のような言葉にした。

「女性が飲むハイボールか、それとも、男性に飲ませるのか」

百合江は自分の右手の指先を見つめた。

「いまこの現在のなかで具体的に展開する物語を、あなたは写実を旨として書く人なのね」

「僕の視点を延長させたどこかに僕の手があって、その手は万年筆を持ち、原稿用紙に小説を書いていきます」

「僕の視点は、なにを見るの？」

真正面から百合江が訊いた。それを受けとめた小野田の頭のなかで、なにかが反射的に反応した。そしてその反応は、

「見えないものを見ています」

という返答になった。

百合江はきれいに涼しく笑った。ハイボールのグラスのかたわらに置いていた小野田の手に、百合江の掌が重なった。

「それだけわかっていて、なぜいちいち小説を書くの？」

彼女の声が、耳から、そして重なっている手から、同時に自分のなかに入って来るような錯覚を、小野田は覚えた。

「僕にはなにもわかってませんよ。とっさに頭に浮かんだことを、言ってみただけです」

「書く人であるあなた自身は、この現実のなかに生きている具体的な存在なのに、なぜその人は見えないものを見て、それを小説に書くの？」

「書くのはこの僕ですけれど、媒介になっているのは言葉ですから、言葉が言いあらわし

ていることはすべて、そこには言葉があるだけで、実体はなにもないのです」

「あなたが生まれてからここまで成長して来るあいだに、一度も和音が変わらなかったような日々を、あなたは送って来たはずよ」

「和音ですか」

「そう」

「確かにそうですね。わかりやすい叙情的な曲を、チェロで独奏して来たような二十八年間です」

「なぜ、チェロなの？」

と、百合江は訊いた。質問と言うよりも、純粋な驚きの表現だった。

「和音という言葉から、楽器を連想したのです」

「私も、いままさに、チェロのことを思ってたのよ」

「なぜですか」

小野田の質問に百合江は次のように答えた。

「何年か前、私がまだ二十二、三歳の頃に、母の誕生日のパーティが自宅であったの。当時の母は昔の伯爵の邸宅だったというところに住んでいて、そこは母の好みだけど私はまるっきり嫌い、というような家なのよ。いろんな人たちがパーティに来てくれて、高名なチェリストがチェロを弾いてくださったの。それを聴きながら、そのときの私が思ったことを、いま私は久しぶりに思い出したわ」

「どんなことですか」

「そのチェリストはがっしりした体格の、健康そうな中年の男性だったわ。どこからどう見ても、現実の具体物そのもので、そこに到達するまでの歴史とか、そのときの肉体の状態、チェロにかかわる体験の蓄積、音楽をめぐる才能のすべてなどから、その日の体調のようなことにいたるまで、とにかく具体的な事柄のかたまりのような人なのよ。チェロという楽器そのものは、これまた問答無用の具体物だし、演奏していく行為も、現実のなかでひとりの人の肉体が具体的におこなっていくことでしょう。では、チェロから出て来る音楽は、これは具体物なのかどうかと、私は必死に考えたわ。私の耳の鼓膜を振動させる、というような意味では、形はないけれど具体物だと言っていいかな、というのがそのときの私の結論。そして鼓膜の振動をへて私の頭のなかに入ると、それはエモーションというとんでもない抽象物になるのね。これ以上ではあり得ないほどの具象から出発して、これ以上ではあり得ないほどの抽象になりきるとは、いったいどういうことかしら、などと私は考えたの。いま私が言ったようなことを応用すると、あなたの言葉はあなたというひとりの具象から発して、やがて書くかもしれない小説という抽象へと到達すればいいのよ」

「僕はどうすればいいのですか」

「このハイボールを、小説のなかで男が飲むか女が飲むか、とさっきあなたは言ったわね。女が飲むなら、どこにもいない女が飲めばいいのよ」

百合江の言葉を受けとめた小野田の全身のなかに、水上朱音について知っているあらゆることが、一瞬のうちに蘇った。と同時に、どこにもいない人、という概念がふたたび閃いた。新幹線で神戸へと向かう朱音を見送った日、少なくとも自分の身辺のすぐ近くからはいなくなった朱音に触発されたかのように、どこにもいない女性、という抽象的な概念としか言いようのないものが、自分の想像力のなかに生まれたのを、小野田は自覚した。そのことについて、その日、夜まで彼はひとりで考えをめぐらせた。そのときの主人公である、どこにもいない人、という存在がいま、彼の頭のなかいっぱいに広がった。

「どこにもいない女」

と、小野田は復唱してみた。

「そうよ。あなたは確かに具体的に存在しているのだから、そのあなたが書く人は、どこにもいない人である、という理論は整合してるでしょう。具象から出発して抽象へと届きます」

「それが僕の書く小説ですか」

「どこにもいない人による、どこにもない物語。どんな人を作り出してもいいし、どんな物語を語ってもいいのよ。すべては完全にあなたの自由。楽しいわねえ。幸せだわ」

「具象と抽象を、つなげればいいのですね」

「きちんとした具象から出てまともな抽象へ届いて、そこにしっかりと足を降ろす、というようなことかしら」

百合江の言葉が終わったとき、店に客が入って来た。中年の男性たち五人だった。カウンターのまんなかにいる小野田の、左側のカーヴに沿って、彼ら五人は席を取った。店のなかは急ににぎやかになった。丸いテーブル席にいるふたりの男性たちのうちのひとりが、片手を上げて百合江を呼んでいた。

「今日はここまでにします」

と、小野田は言った。そして飲みほしてある自分のハイボールを指さした。百合江は美しく首を振った。

「いいわよ、そんなもの」

そう言った百合江は、カウンターの向こうへ歩いていったん姿を消したのち、せまい通路を出て来て彼のかたわらに立った。彼に肩を寄せた百合江は、きわめて親しい口調で次のように囁いた。

「ハイボールが一杯でも百杯でも、他の客につけとくわ。だからあなたは、どこにもいない女を早く見つけて」

かつて酒場にいた女

1

　彼はこうもり傘を開きながら都電から降りた。石を敷きつめた停留所に降りたときにはすでに、全身がほとんどずぶ濡れだった。ゆっくり発進していく都電を背後に感じながら、停留所から車道を越えて歩道へと渡るあいだに、ずぶ濡れの念押しをおこなったかのように両腕や肩から背中そして脚が、濡れなおした。

　傘を頭の上に低くして歩道を歩きながら、これが豪雨というものだ、と彼は思った。豪雨という、漢字ふたつによる言葉を現実のものにすると、今夜のこの雨になる。これほどの降りかたのなかを歩くのは、自分にとってはおそらく初めてのことではないか、と彼は自分に訊いた。

　濡れて肌に貼りついた半袖を、彼は左右交互にはがした。片手で交互に髪をうしろへなでつけた。スラックスは濡れて向こう脛やふくらはぎに貼りつき、脚にからんで重かった。太腿はなかばを越えて濡れていた。靴のなかで靴下から水がしぼり出されてくるのを、歩くたびに足指のあいだに感じた。

雨は垂直に降っていた。こうもり傘に雨の重量を真上から感じるほどに、雨の量は多かった。右手で握っている傘の把手が、雨の重さで下へ滑り落ちた。彼はその手に左手を重ねた。垂直にしかも高速で降る雨は路面に衝突しては盛大に跳ね返っていた。路面から水の幕が縦横に噴き出し、立ち上がっているかのように見えた。夏の夜のなかに雨はそのように充満し、風はほとんどなかった。路面から一メートルあるいは二メートルあたりのところを、ときたま強風が横に吹いた。そのときだけは、垂直に降る雨は横殴りに飛んだ。

その酒場までさほどの距離ではなかった。降りた都電の停留所は、歓楽街からややはずれたところにあった。脇道を使って近道をし、歓楽街のある一帯に入り、彼はその中心に向かった。酒の店やものを食べさせる店が軒を接して密集している一角で、これで四度目だが今度も、彼は道に迷った。迷路のように何重にも交差する狭い路地は、豪雨のなかで彼には見分けがつかなかった。覚えている焼き鳥の店がふと目にとまり、それを基準にして雨のなかに路地をたどりなおし、梢という名のそのバーを見つけた。

じつに良く出来た作り物の梢が、ドア脇の外壁から上に向けて斜めにあり、その梢に小さな看板が下がり、梢、とひと文字、白いペイントで書いてあった。ドアを引いて開き、傘をたたんでなかに入り、後ろ手に彼はドアを閉じた。ひとまず雨から逃れた彼は、雨のない空気を、冷房された店のなかの匂いとともに胸に吸い込んだ。

カウンターのなかに平井美佐子がいた。文芸的な雑誌の編集者たち、そういった雑誌に文章を書く人々、漫画家、イラストレーター、写真や演劇の人などの多いこの店の客たちは、誰もが美佐子をママと呼んでいた。確か三十歳だと聞いたから、自分より三歳だけ年上の彼女を自分もママと呼ぶことに、彼は多少の抵抗を感じていた。数年前までの美佐子は映画女優だった、という話も聞いた。均整のとれた骨格に恵まれた、姿の良いすっきりとした、冷たい顔立ちの美人だ。こんな夜にも客は来ているだろうか、と彼は雨の中を歩きながら思った。彼のほかに客はいなかった。

「こんな夜に」

と、美佐子が言った。

「そうです」

と答えて、彼は傘をドアの脇にある傘立ての壺に差し込んだ。

「濡れたでしょう」

「ほとんどずぶ濡れです」

カウンターのまんなかで彼はストゥールにすわった。スラックスの尻ポケットからバンダナを取り出し、広げて顔を拭い、おおまかにたたんでポケットに戻した。

「ものすごい降りかたなのね」

「不思議な雨です。夜空から垂直にまっすぐ降って来て、傘に重さを感じるほどです」

「さっきからひとりで音を聴いてたの。映画の撮影のとき、激しく雨を降らせる装置を使って降らせる雨の音と、どこか似たところがあるのよ」

「嘘みたいな豪雨です。作り物のような」

整いすぎて冷たく見える美佐子の顔立ちのあちこちに、言葉ごとに微妙に影が宿った。その影を縫い上げるかのように微笑が浮かび、雨の話は終わりとなった。

「お酒は、どうしましょう」

美佐子がそう言った。妙な言いかただが、彼女には似合っていた。

「ください」

「なにがいいかしら」

彼は酒にさほどの興味はなかった。酒を飲みたいわけでもない。

「沖縄の焼酎を飲んでみない?」

「泡盛ですか」

「二十五度の、いい香りがするのを、おなじみさんにいただいたのよ」

「では、その二十五度を、ください」

小さな美しいグラスに美佐子は泡盛を注いだ。彼はそれを飲んでみた。

「いかが？」

「いいですね」

「思いをはせて」

「なにに思いをはせるのですか」

「沖縄に。南の島に。青い空、きれいな海。熱い陽ざし。太平洋の要石。米軍の妙な色の軍票」

「そういったものすべてが、この酒にあるのですね」

「そういったものすべて。オール・ザット・ジャズ、と言うのですって」

彼はグラスを再び唇へ運んだ。

「私も飲もうかしら」

「つきあってください」

「飲む人が私でも、この店にただの酒はないのよ」

「どうぞ、有料で。何杯でも」

おなじグラスを持ってきた美佐子は、それを泡盛の瓶とならべて彼の前に置いた。彼がグラスに泡盛を注いだ。透明な泡盛を飲む彼女の赤い唇を、彼はグラスごしに見た。雨の音が絶え間なくあり、そのなかを走っていく人の声が店の外に聞こえた。

「よく降るわね。今夜はお客さんは来ないわ」

彼は店の空間を見渡した。細長い空間だ。ドアを入ると左側にカウンターが奥まであり、ストゥールが並んでいる。そのストゥールの列のうしろには、ふたり連れが差し向かいとなるための小さな丸いテーブルとストゥールが、壁に沿っていた。カウンターをその奥までいくと右側はトイレットのドアだ。その前を抜けてさらに奥には、低いテーブルをソファが囲んだ別室のような空間があった。

「あなたは、よく来たわね。なぜ来たの？　悪いことをしていて思いのほか早く終わったから、別の女の顔でも見ておこうか、とでも思ったのかしら」

「悪いことって、なんですか」

彼の質問に美佐子は微笑した。

「なにかしら。そう言った人がいたのよ、かつて。おなじようにひどく雨の降る夜に」

「雨の夜のドラマですね」

「この近くには旅館やホテルが多いでしょう。予定より早くにそこを出て、そのまま帰るのもどうかと思うからなじみの酒場まで足をのばし、別の女の顔を眺めてみることにしたのですって。ここで待ち合わせをしてからしけ込むこともあったから、その逆だよ、と言ってたわ。一杯の酒が前戯や後戯なのよ」

「そういうこともあるのですか」

「いろんなお客さんがいるわ」

ふたりはそれぞれにグラスを指先に持った。

「今日もお仕事?」

と、美佐子が言った。口調はけだるく親密なものだったが、美貌はそのどちらをもひんやりと中和した。女優による映画のなかの台詞のように、彼は彼女の言葉を受けとめた。

「いろんな雑誌に文章を書いてます」

「それはこの前、うかがったわ」

「加納さん、川尻さん、笠井さん。それから、亀井さん」

と、彼は言った。どの人も二十七歳の彼より少なくともひとまわりは年上で、それぞれに小さな雑誌の編集責任者だ。彼らの編集する雑誌に彼は文章を書いていた。

「いろんな文章って、なになの？」

「加納さんや川尻さんは、雑誌をくれませんか」

「いただいてるわ。暇なときに読んでるのよ。面白い記事もあるのね」

「僕も書いてます」

「ペンネームで書いてるの？」

「本名です」

「ペンネームの人にろくな人がいないのね。少なくとも私の経験では。さっき話に出ていた、早く終わったから酒場へ来て別の女の顔を見ると言った人も、ペンネームであれこれ書く人なのよ」

「この店のお客には、編集や演劇の人が多いようですね」

「先代が私とおなじく映画の女優だった人なのよ。もうかなりの年配だけど、便利に使える脇役だと、ご自分でおっしゃってたわ。そのかたが、文章を書いたりもなさるかたで、その関係でしょうね。顔の広いかただし。一度お店へ見えたお客さんは、仲間を次々に連れて来たり、新しく知り合った人を誘って来たり。あなたもそうよ」

「加納さんに連れられて来ました」

「覚えてるわ」

「これで四度目です」

「ええ」

「今夜も道に迷いました」

美佐子は微笑した。

「映画女優をなさってた話は、加納さんから聞きました」

「いまから七年前、一九六〇年に、二十三歳でニュー・フェースの審査に合格して、年増ニュー・フェースと呼ばれたわ。二十三で年増ですって。大部屋に入って最初の仕事が、お披露目の集合写真だったわね。ニュー・フェースの人たちの。撮影所の門の前で、その写真を撮ったの。きみだけは笑わないで、とカメラの人に言われたわ。だから私だけ、カメラに対して半身に構えて、怖い顔して写ってるの。黒いタイト・スカートに、直線的な印象のある白い長袖のシャツ。ゆったりウエーヴをかけた、肩にかかりそうでかからない髪を、片側から大きく分けて。私のイメージとして、そう指定されたのよ。そしてそれ以来ずっと、そのイメージのまま」

「いまとおなじですね」

彼の言葉に美佐子は再び微笑した。

「次の仕事はその年の後半用のカレンダーの撮影だったわ。夏の前に作って、あちこちに配るの。私のほかにもうふたり、三人とも水着で。売り出しの方針が肉体派だったのよ。乳房や太腿もあらわに体当たり演技、という路線。最後の肉体派女優、というのが私につけられたキャッチ・フレーズだったわ」

「出演なさった映画を観たいと思います」

「何本も出演したのよ。まだシナリオもろくに出来てないのに撮り始めて、一週間で撮ってしまうような映画」

「肉体派の映画ですか」

「初めのうちは端役よ。でも、モノクロのフィルムに撮ってスクリーンに映写すると、肉体派、というわけでもないのね、この私は。でも使わなきゃ損だからというので、女のアクション、という路線になったの」

映画の話になってから美佐子の言葉数が増えた。低い声は聴いて心地良く、口調は冷たくも優しくもない、その中間の不思議な感触のものだった。

「アクションは得意なのよ」

という美佐子の言葉に、

「体の動きが滑らかできれいだ、と思いました」

と、彼が言った。

「中学で軟式テニスとバレーボール、そして高校では体操。鞍馬とか吊り輪。外に出て、障害物、走り幅跳び、それに棒高跳びもしたわ。難なく出来てしまうのよ。でも、一位とか一着だとか、点数がいくつとか、競い合うのがとにかく大嫌いで、いつのまにか脱落して、なれの果てが肉体派の新人女優、という物語。女優を三年続けて、辞めてから三年。そんなに昔の話でもないのね」

「映画を観たいです」

「場末の三番館で、いまでもときどき上映してるはずよ。ふと目にとまったポスターに、聞いたことのある題名が出てたり、とおりかかった映画館の前に立て看板があって、ピストルを構えてる私が描いてあったりするのよ。ああ恥ずかしい、というような気持ちにでもなるといいのかしら」

「確かにピストルは似合いますね」

彼のその言葉に美佐子は微笑で反応した。そして、

「もう一杯ずつ、飲まない？」

と言った。ふたりのグラスは空だった。

「飲みましょう」

美佐子はふたつのグラスに泡盛を注いだ。

「なぜ女優を辞めたのですか」

彼が訊いた。

「私は祖母に可愛がられて育った、まったくのお婆さんっ子なのよ。その祖母の友だちが、映画のなかの私を現実の私だと思うの。若い頃からあんなに悪い女だと歳をとってから大変だとか、あんたもひどい孫を持って因果だねえとか、そういうことを真顔で言う人がいて困る、という話を祖母から聞いたら、女優は辞めるほかない、と私は思うのよ。辞めるとなったら、私はその日のうちに辞めないと気がすまないから」

「残念ですねえ」

そこで会話はしばらく途切れた。ふたりはそれぞれにグラスのなかの泡盛を飲んだ。

「この酒の香りは洒落てます」

と言った彼の言葉が合図だったかのように、店のドアが開いた。男がひとり、なかば閉じた傘を頭に被せるようにして、店に入って来た。

「あら、黒田さん」

黒田と呼ばれた男は傘を閉じ、足もとにしたたり落ちる雨水を感心したように眺めた。

「ひどい雨だ」

と、黒田は言った。傘を壺に立て、濡れて股まで貼りついているスラックスを、両手の指先ではがした。かかえていた革の鞄を、カウンターとは反対側にあるテーブルの脚に立てかけた。

「なにからなにまで、濡れきった」

彼からひとつあいだを置いて、黒田はストゥールにすわった。

「いやあ、ひどい雨だ」

「雨も含めて、かなりいい夜よ」

「確かに、いい夜ではあるはずだよ。ここのような酒場にいて、雨の音を聴いているかぎりではね。泡盛だねえ。私にもちょうだい」

そう言って黒田は彼に笑顔を向けた。

泡盛を黒田のグラスに注ぎながら、

「加納さんや川尻さんの雑誌に書いてる若い人。大塚昌平さんというの」

と、美佐子は彼を黒田に引き合わせた。

「黒田さんも雑誌の編集長をなさってるのよ。小説の雑誌」

四十代になったばかりの年齢に見える黒田は、眼鏡をはずしてハンカチで丁寧に拭い、おなじく丁寧に眼鏡をかけなおし、泡盛のグラスを手に取った。そしてちょうど半分、飲み下した。

「緊急避難とでも言いますか。文壇の集まりがあってそれがお開きになり、都電に乗って近くまで来て、乗り換えの途中でここへ寄ったら、ひとまず雨は音だけになった、ということなのです」

そう言って黒田は笑った。

「映画の話をしてたの」

美佐子が言った。

「なんの映画？」

「平井美佐子の女アクション映画」

「ああ、こないだも観たよ。前橋で。必殺暗黒街・魔性の女拳銃、というタイトルだった。平井美佐子の主演作はすべて観ているつもりだったけれど、これは初めてだった。だからうれしかった。私は女優・平井美佐子の大ファンでしてね」

ストゥールひとつあいだを空けて自分の左隣にいる大塚に、黒田は笑顔を向けた。

「その作品も、よく覚えてるわ」

美佐子が言った。

「クランク・インの日にラスト・シーンを撮ったのよ」

「女拳銃とは、いったいなんでしょうねえ」

そう言って黒田は楽しそうに笑った。

「女の拳銃使いでしょうけれど、右手に握ったオートマティック・ピストルを、平井美佐子が左へ水平に倒して連射する場面がありましてね。カメラはその平井美佐子を正面からとらえてまして、排出されて跳ね上がる空薬莢が、次々に彼女の肩ごしにうしろへと飛んでいくのです。これは良かった。まさに、女拳銃。日本映画で、あんなふうに空薬莢が飛んだのは、あの作品が初めてでしょう」

「アメリカで映画の撮影に使っている、空砲のピストルですって。ブランクという弾で、火薬だけなの」

美佐子の言うとおり、本物とおなじ薬莢に火薬だけが入っている。その火薬の力でスライドが動き、空薬莢が排出される。連射はもちろん可能だ。火薬だけだが至近距離では危険をともなう。本物のカートリッジを装填した弾倉は、グリップに入らない。

「私は知らなかったけれど、本物の薬莢には火薬が入っていて、銃口から飛んでいく弾の部分は、その薬莢にきっちりとはめ込んであって、射つとその弾だけが飛んでいくのですって」

そう言った美佐子は大塚に顔を向け、

「知ってた？」

と訊いた。

「知ってます」

「男のこですものね」

「映画のなかの拳銃について、川尻さんの雑誌に書いたことがあります」

彼のその言葉に、黒田は彼に向きなおり左手を差しのべた。

「やっぱり、あなただ。さっきお名前を美佐子さんからうかがったとき、頭をかすめたんです。お書きになるものを、私は読んでますよ。じつに愉快なものがあった。私は愛読者だと言っていい。そうですか、あの書き手は、あなただったのですか」

横幅と奥行きがともにゆったりと安定感に満ちた黒田の、その体軀のぜんたいにあらわれた、余計な思惑などない嬉しそうな様子を、彼はストゥールひとつおいた距離から受けとめた。

「黒田さんの雑誌にも書かせてもらったら？」

と、美佐子が言った。

「うちは小説雑誌ですけれど、読み物の色ページはかなりありますよ」

「黒田さんとこに書くなら、小説ね」

なぜだか彼に理由はわからなかったが、美佐子はそれまでとは違うきわめて親しい口調で大塚にそう言った。いまのこの親しさに関しての主導権は自分にある、というような意思が美佐子の視線に宿っていた。

「小説をお書きになりたいのですか」

黒田が訊いた。

「はい」

としか大塚には答えようがなかった。

「ぜひお書きになるといいですよ。すでに書きためていらっしゃるかな」

「まだです」

「いまおいくつ?」

「二十七です」

「ちょうどいいですよ。いまからお始めになれば。文章はお書きになれます。それは、あちこちの雑誌で拝見してきた、この私が保証します。小説はぜひお書きになるといい。おやりになってみたら」

「書いてみます」

「黒田さんに熱心に勧められてるのよ」

美佐子の口調にこめた彼への親しさの感情に、黒田は彼女と彼を半々に見くらべた。そして次のように言った。

「いま私が編集している雑誌からの依頼ではなく、いまだ虚空の果てに浮かんでいるはずの第一作に向けて、この青年を私はけしかけているのです。完成したら読ませてください。責任を持って読みます。不合格なら私に可能なかぎりの、建設的な批評をします。合格なら、そこから先に関しても、私は責任を持ってことに当たります」

「あの小説雑誌の黒田さんに、あなたはそこまで言っていただけてるのよ」

そう言った美佐子は黒田に体を向けた。そして親しさの口調はそのままに、

「ひょっとして、私の力がおよんでるのかしら。いま黒田さんがいるのは、私のこの店ですからね。でも、それはないわね」

黒田は首を振った。

「女拳銃の魔性はこの上なく魅力的ですけれど、だからと言って、書けそうもない人をけしかけても、無駄ないしは失礼というものでしょう」

「だからあなたは、小説を書くのよ。作家になるのよ。なってみて」

きわめて親密に、美佐子は大塚にそう言った。

「早くもマネジャーですね」

と黒田は言い、美佐子に顔を向けなおし、

「作家夫人におさまるのもいい」

と言った。

美佐子は涼しく笑った。

「黒田さんから電話がかかってきたら、執事中ですのでご用件は私がうかがっておきます、などと言うのね。それもいいわね」

大塚の前でカウンターに両肘をついた美佐子は、低い視線で彼をまっすぐに見た。その視線にいたずら心のような表情を重ね、

「お書き」

と、彼女は言った。

「書けばいいんだから」

「そのとおりですよ。まずは書けばいいのです。楽しみにしてます」

「どんな小説になるのかしら」

黒田に視線を向けて、美佐子は笑顔で言った。

「なんとも見当はつかないけれど」

大塚を見ながらひとまずそう言った黒田は、次のように言葉を続けた。

「すっきりしたものになりそうだな、という予感はありますね。これは確かにある。ぐちゃぐちゃとして暗く淀んだような書きかたでないことはわかってますから、書きかたがそうであるなら、物語も明快や爽快を旨とするものでしょうね。豪快、というのをつけ加え

てもいい。私の願望として」

「硬派な人よ」

「そうです。硬派な明快さ。これはいいですね、歓迎だ」

小説の話はそこで段落となった。そして黒田は、

「さっきの女拳銃の話の続きですけど」

と、美佐子に笑顔を向けた。

「ラスト・シーンをクランク・インの日に撮ったと、さきほどうかがいましたけど、どんなラストだったか、美佐子ママ、覚えてますか。私はまだ観たばかりだから、すべては克明に記憶のなかにあります」

舞台となった架空の港町の闇社会の覇権をめぐって、ふたつの地下組織が抗争を続けてきた。その最終的な決戦が、夜の港の倉庫街でおこなわれる。双方が総力をあげて遂行する銃撃戦だ。銃撃戦は派手に始まる。潜入して様子をうかがっていたふたりの刑事が会話を交わす。

「武装警官隊は待機中で、いつでも出動出来ます。どうします、派手になってきましたぜ」

「我々が踏み込むまでもないだろう」

「やらせておきますか」

「そのほうが賢明だろう。好きなだけやらせておけば、共倒れになる」

「こっちも腕自慢を駆り集めたんですがねえ」

共倒れになっていく様子が、銃撃戦を巧みにとらえたいくつもの場面の連続のなかに、要領良く描かれていく。平井美佐子が演じる魔性の女拳銃は、その銃撃戦の現場から密かに逃げ出し、倉庫の建物の影をたどりながら夜の港を彷徨する。暗い影のなかから夜の港の海に向けて、ピストルを一発、また一発と、彼女は無為に発射する。場面はふたたびふたりの刑事の会話となる。

「あの女でしょう」

「うむ」

「なにを射ってんですかねえ」

「沖の鷗だろう」

「鷗もこの時間は寝てますよ」

「波間の夜光虫でも射ってるのかな」

銃声が、間隔を置いて、彼らの耳に届く。

「押さえますか。何人もの血を吸ったハジキですぜ」

「ほっとけ。飽きたら自分を射つかもしれない」

そう言われたもうひとりの刑事は苦笑する。

「そんな女じゃありませんよ」

場面は平井美佐子に切り替わる。闇のなかに腕をのばし、静かに沖を狙って、最後の一発を射つ。銃弾はブイに命中し、カーンという音とともに、波の上に跳ね飛ぶ。暗闇のなかから彼女はその外へと出ていく。スライドがオープンになったピストルのグリップから弾倉を抜き取り、美しいフォームで沖の海に投げる。埠頭の縁に向けて歩きながら、彼女はおなじように、ピストルも海の向こうへ投げ飛ばす。そのフォームが完結したところでストップ・モーションとなり、終、のひと文字が画面の中央に赤い色で浮かぶ。

「何人もの血を吸ったハジキですって。弾を射って人を倒すピストルが血を吸うかしら」

笑いながら美佐子が言った。

「血を吸うのは時代劇の長脇差しでしょう」

黒田も笑った。

「大急ぎで書いたシナリオなんだよ。時代劇と掛け持ちでね。でも、面白かった。私は堪能しました」

「最初についた役が準主役で、アメリカへ留学したついでに拳銃修行もしてきた、やくざの親分の末娘の役なのよ。剣崎竜子、という役名だったわ。通り名が、コルトのお竜。日活には、抜き射ちの竜、という人がいたわねえ。シナリオでは剣池という名だったの。剣池と書いて、つるぎのいけ、と読むのね。そんなふうに読める人はいないよ、という理由で剣沢になって。つるぎさわ。けんざわ、としか読んでもらえないだろうからいっそのこと、けんざきにしようということで、剣崎に落ち着いたの」

「魔性の女拳銃も、剣崎竜子でしたよ」

「剣崎竜子の役名で出たのは、五本あるわ」

「出演作は全部で何本なのですか」

と、大塚が訊いた。

「二十一本」

「そんなに」

「一本ずつストーリーを紹介しつつ、場面ごとの出来ばえを詳細に論じ、主演女優ご本人にも話を聞いて、二十一本の出演作品をひとつの世界にまとめ上げ、同時に平井美佐子という女優の魅力もあますところなく語りつくす、という本は面白い一冊になるなあ」

自分のアイディアを黒田は感嘆したようにのべた。そしてそのアイディアに、

「うん、これはいける」

と、自分で賛同した。

「こちらの作家の先生に書いていただきましょうよ」

大塚を示して美佐子が言った。

「それも面白い」

黒田は上機嫌だった。

「今夜は素晴らしい夜だ。雨にもかかわらず、あるいはもっと正確には、このひどい雨だからこそ、私はこの酒場に立ち寄った。そしてそれは、たいへんな正解でした」

「よかったわ」

「いま出たアイディアは、今夜ここにいる三人の共有物として、温めましょう。おなじようなことをふと思いつく人は、編集の世界にはきっといます。でも、それを具体化しようとしたら、平井美佐子さんに取材しないと、いっさいなにも始まらない。ですから美佐子さんにまず話が来るでしょうけれど、それは断っていただいて、ただちに私に連絡してく

ださい。そんな話は、これまでなかったですか」

黒田の質問に美佐子は首を振った。映画の撮影カメラを前にした端正な演技のように、そのわずかな動作は美しかった。

「ないわよ」

「誰も思いつかないのかなあ」

「忘れたのよ」

美佐子が言った。

「コルトのお竜も、いまでは雨の夜の酒場の女ですからね」

「いやいや、そんなことはない」

黒田は大きく首を振った。そして大塚に顔を向け、

「この話を書いてみる、というのもいいですねえ」

と言った。

大塚は賛成し、黒田はさらに語った。

「ノン・フィクション、という硬い構えではなくて、まるで小説のように。いまとなってはすべては一編の物語ですから。小説ふうに書いてうまくいけば、たいそう面白いかもし

れない。主人公の造形はこのとおりでいいのだし」

と、美佐子を片手で示し、

「一週間で作るアクション映画の連続は、それじたい、たいへん面白い物語でしょう。これから書くあなたの小説と、女拳銃の話と。楽しみな企画が、ふたつも生まれた」

そう言って黒田はふと左手首の時計を見た。

「まだひどく降ってるわね。音がすさまじいわ」

「もう一杯」

大塚のグラスに、そして自分のグラスにも、美佐子は泡盛を注ぎ足した。三人で乾杯し、いっきに飲み下した黒田は、

「さあ、いくぞ」

と言ってストゥールを降りた。

鞄を置いたところまで歩き、鞄を床から持ち上げ、フラップを開いた。

「先日と先々日の分があるでしょう。今日のとまとめていっしょに払います」

黒田は支払いを済ませた。鞄を脇の下にかかえなおし、傘を構えてドアの前に立った。

美佐子がカウンターのなかから出て来た。ストゥールを降りた大塚がドアへ歩いてそれを

開いて支え、黒田は外へ出ながら雨に向かって傘を開いた。雨に飲み込まれるかのように、黒田の姿は、あるときふと見えなくなった。夜が暗いからではなく、降りしきる豪雨が幕のようになっていて、黒田の姿はその向こうへと入ったからだ。

「夜霧に消えた男ではなくて、豪雨に消えた男ね」

ストゥールに戻った大塚に、美佐子が言った。美佐子は彼のかたわらに立ち、言葉を続けた。

「夜霧に消えた女、というタイトルの作品もあったのよ。このときの小道具のピストルは、いまでも持ってるわ。遠目にピストルに見えればそれでいい、という場面で使うもので、ブローニングそっくりに木材を削って黒い色を塗ったものなの。銃身と握りに鉛が入れてあって、文鎮のようにずしりと重いのね。軽すぎると、持った手や腕の動きも軽くなって雰囲気が出ないから、という説明を聞いたわ。いまでも自宅にあるのよ」

「記念のピストルですね」

「一日の撮影が終わったら小道具の部屋に返却するのだけど、うっかりバッグに入れて自宅へ持って帰ってそのまま。とても良く出来ていて、なんとなく返したくなくなったの」

「見たいですね」

「構えたところを、見てくださる？」

顔をかすかにかしげて、美佐子は囁くような声でそう言った。

「ぜひ見せてください」

「いつか機会があれば、まるで映画の場面のように、構えてみせてあげるわ」

「写真に撮りませんか。ここで撮ればいいのです。まるで映画のなかのワン・カットのように。いい写真家を連れて来ますから」

「女優だった頃の私の話を一冊の本にして、面白いかしら」

「面白いです。僕はそんな本を読んでみたいです」

「だったらこれから小説家になってよ。ちゃんとした作家に書いてもらいたいわ」

二人の話はそこで途切れた。美佐子はドアへ歩き、少しだけドアを開いて外の雨を見た。

「やまないわねえ」

と呆れたように言い、ドアを閉じて彼に向きなおり、

「もう帰りましょう」

と言った。

「お家は、どこなの？」

「下北沢です」

「小田急線ね」

「世田谷代田で降りてもいいのです」

「地形の低いところかしら」

「高台です」

「私は明大前なのよ。京王線の明大前の駅は高いところと低いところの中間にあって、低いところは浸水するかもしれないわね。これだけ降ると電車は止まるわ。だから、帰りましょう。今夜の客は、あなたと黒田さんのふたりだけ。充分だわ」

「いつもは混んでますね」

「客がひとりだけ、ということもあったのよ。大雪の夜。九時過ぎに店を閉めて、お客さんとふたりで雪のなかを駅まで歩いたわ。そして今夜は、この雨」

美佐子は店を閉めるしたくを始めた。そしてそれはすぐに、彼女自身の帰りじたくとなった。

「靴はここに置いていくことにしよう。下駄を履くわ。下駄が最適よ」

赤い鼻緒の、すっきりときれいなかたちをした下駄を履いて、美佐子はカウンターの外へ出て来た。

「大きなこうもり傘があるのよ」

店の奥の納戸へいき、彼女は濃紺のこうもり傘を取り出してきた。

「ホテルのドアマンが使うのですって。それとも、ゴルフ場だったかしら。外へ出てこれを開いて待ってて」

そう言って美佐子はこうもり傘を彼に手渡した。彼はドアを開いて外に出た。夜のなかに豪雨は変わらずに続いていた。店の明かりを消した彼女がドアの外に出た。彼がさしかける傘の下で首をすくめ、ドアに錠をかけた。傘の下に肩を寄せ合い、ふたりは垂直に降る雨のなかへ出ていった。路面から跳ね返る雨滴の幕に包まれて、ふたりの足もとはたちまちずぶ濡れとなった。

「小説は、ほんとに、書いたほうがいいわ」

雨の音に対抗した強い声で、美佐子が言った。

「書きます」

「黒田さんが、せっかくあんなにおっしゃってくださるのだから」

「黒田さんにお会い出来てよかったです」

「葉書を出しておくといいわね。ありがとうございました、という葉書。読んでいただくのを励みに精進いたします、とでも書くのかしら。そんな内容の、お礼と確認の葉書」

「さっそく明日、出しておきます」

「小説は、いつくらいに出来るものなの？」

「見当もつきません」

「短編かしら。きっとそうね。読みごたえのある短編」

「四百字詰めの原稿用紙で、五十枚から八十枚くらいでしょう」

「いきなり長編というのは、書くほうも大変でしょうし、読むほうも気持ちの負担は大きくなるわ」

「そのとおりです」

路面を風が飛んでいった。分厚い雨の幕が横に走り、そのなかでふたりの肩や腕が触れ合った。歩いている人の数は少なく、いつもの街は閑散として広く見えた。その広さが、雨の密度を増幅させていた。

「一年もたってやっと出来る、というのはいけないのよ」

美佐子が言った。

「僕もそう思います」

「長くて半年。でも、半年でも長すぎるわ。いまは夏だから、秋が深まっていく頃」

「そうです。その頃です」

背後から風が来た。路面から吹き上がる風に、体が浮いて軽くなる錯覚があった。シャッターを下ろした青果店の正面入口にさしかかった。路面から三段だけ階段を上がったところが、シャッターの横幅いっぱいに、細長く軒下のスペースとなっていた。ふたりはそこへ上がり、傘を自分たちの前に横倒しにし、風にあおられる雨を避けた。

「川があふれて浸水してるところが、たくさんあるはずよ。坂道の下の、地下の店は危ないわ。電車は動いてるかしら」

自分の気持ちを確認するかのように、美佐子は低い声でそう言った。そして彼に体を寄せて顔を向け、

「ほんとに小説を書いて」

と、言った。

平井美佐子の冷たい美貌を彼は至近距離に見た。冷たさはいまの言葉を支える真剣さとして読み取れる、と彼は思った。と同時に、映画のことも彼は連想した。女拳銃魔が豪雨

の夜の街を敵と追いつ追われつしながらおたがいを拳銃でしとめようとしているなら、このような場所に立って静止している状態は、絶好の標的ではないか。

「小説はぜひ読みたいし、作家になっていく人をそばで見ていたい、という気持ちも強いのよ。私のことも書いて。かつて酒場にいた女の話でいいから。あのあたりの酒場」

梢というバーのある方向を、美佐子は視線の動きで示した。

「酒場を中心にした俗世間のことなら、いろいろと教えてあげるわ」

「それから主演した映画のことも」

「そうね。それもあるわね」

きわめて淡く微笑した彼女は、

「いきましょう」

と、彼を促した。彼が傘を立て、ふたりはその下に入り、階段を降りて雨のなかへ出ていった。ほどなく地下街への入口の階段を降りた。そこは地下鉄への入口でもあった。地下の連絡通路には人がたくさん歩いていた。ふたりは駅の方向へ向かった。西口へまわり、地下から一階まで階段を上がった。彼が乗る電車の改札口は、その一階の奥にあった。彼女が電車に乗るためには、いったんその建物の外に出て、すぐ隣にある別の建物の地下へと降り、そこで切符を買わなくてはいけない。

「そこまで送ります」

たたんだ傘を彼が持ち、ふたりは建物のいちばん奥の出入口までいき、そこから外に出た。彼は傘を開いた。垂直に叩きつけてくる大量の雨滴の音を全身に受けとめながら、ふたりは隣の建物の軒下へ入った。そして階段を降りた。

「今日は金曜日だから、明日は休みなのよ。よかったら、来週また来て」

階段を降りながら美佐子が言った。

「私は回数券を買うから、ここでいいのよ」

そう言った美佐子に彼は傘を手渡した。切符売り場へ歩いていく美佐子のうしろ姿を彼は見送った。窓口で回数券を買う彼女の上半身を、地上へ出る階段の途中というやや距離のある位置から、彼は斜めに見下ろした。白いシャツの肩が素晴らしい、と彼は思った。美人の肩というものがあるなら、彼女のあの肩こそ、まさにそれだ。

窓口を離れた美佐子は改札口へ歩いた。途中で彼と別れたあたりに彼女は顔を向けた。視線は彼を探したが、見つからないままに彼女は改札を入った。電車に向けて歩きながら、もう一度、彼女は振り返った。さきほどとおなじあたりに向けられた彼女の視線は、今度も彼をとらえることが出来なかった。彼が見当たらないとは、彼がすでに自分の乗る電車へと向かったことであり、そのことに関して安心したような、きわめて優しい表情となった美佐子を、彼は見守った。

周囲に人が多いから、歩いていくほどに美佐子の姿は人と重なり合って遮られることとなった。彼はなおも視線で美佐子を追い、あるときほんの一瞬、美佐子のうしろ姿のぜんたいが見えた。下駄を履いた両足、すんなりとのびたふくらはぎ、両膝の裏、タイトぎみな黒いスカート、引き締まった胴から背中への白いシャツの広がり、そして両肩。これが映画のなかの場面なら、この瞬間に画面はフリーズして静止するといい、と彼は思った。

2

山手線の外回りで大塚昌平は新宿まで帰って来た。夜の始まりの時間だった。夕食は有楽町ですませた。新宿駅で電車を降りて、どこかへ寄りたい、と彼は思った。喫茶店でひとりコーヒー、という気分ではなかった。どこへいけばいいか。先週の豪雨を彼は思い出した。これからあの梢というバーへいく、という選択はたいそう好ましいものに思えた。店主の平井美佐子と、あの雨のなかを、彼は新宿駅まで歩いた。よかったら来週また来て、と別れぎわに美佐子は言った。

平井美佐子のすっきりと鋭角的な美貌とそこに宿る影。無駄なく引き締まった体の、静かに滑らかな動き。梢のカウンターごしに、それをしばらく見ているだけでいい。ハイボールを二杯。彼女とのあいだに多少とも会話が成立するなら、充分すぎる。駅を出て彼は梢のある方角に向けて歩いた。いつにも増して今日は人が多い、と彼は思った。やや気温の低い夏の夜だ。迷路のように交錯する歓楽街の路地を、今夜は迷うことなく歩き、彼は梢のドアを開いた。

七、八人の男たちの、賑やかな笑い声がひとかたまりになって、バーのなかから彼を迎えた。彼らがいっせいに歓声のような声を上げた瞬間だった。笑い声の大きな固まりにぶつかったような錯覚があった。カウンターのこちら半分が彼らでふさがっていた。カウンターのなかから美佐子が彼に奥のほうを示した。カウンターのいちばん奥のストゥールに黒田がひとりでいた。明らかに手持ちぶさたの様子で、黒田はオン・ザ・ロックスのグラスとピーナツの小皿を相手にしていた。近寄って来る彼に黒田は笑顔になり、片手を上げた。黒田のかたわらに立った大塚は、

「ここにすわってもいいですか」

と訊いた。

「どうぞ、どうぞ。これは助かった。偶然にもあなたという、いい話し相手があらわれてくださって」

自分の左隣にすわった彼に、

「先週は大変でしたね」

と、黒田は言い、次のように続けた。

「とにかく私はずぶ濡れになりましてね。靴が徹底的にぐしゃぐしゃで、歩くにつれて靴のなかで足が泳いでるような状態で、いまはもうその靴は乾いてるのですが、かたちがもとに戻らないのです。なんとか直そうとするのですが、じつにみじめな形状のままで、どうにもなりません。あきらめるほかないですかね」

大塚は苦笑し、黒田は声を上げて笑った。そこへ美佐子が来た。

「ハイボールね」

と、微笑して大塚に言い、

「黒田さんは、もうひとつ？」

と訊ねた。黒田は大きくうなずいた。

「今夜はおひとりですか」

黒田が大塚に訊き、

「寄り道をしたくなりました」

と、彼は答えた。

「寄り道がこのバーというのは、正解ですよ。ごらんのとおりの盛況です。お会い出来てよかった」

「僕もです」

美佐子が戻って来て、彼の手もとにコースターを置いてハイボール、そして黒田のロックスを、新しいのに交換した。

「ごめんなさいね、今日は。賑やかなのよ」

と、美佐子は言い、すぐに男たちのほうへ戻っていった。

「先日の豪雨に乾杯といきましょう」

大塚は黒田とグラスの縁を合わせた。ハイボールをひと口飲み下した彼は、豪雨のなかをともに歩いた美佐子の感触のすべてが、自分の感覚のなかに一瞬のうちによみがえるのを、受けとめた。

「先日は黒田さんが先にこの店をお出になりました」

と、大塚は言った。

「お客はもちろん来ませんから、早じまいということにして店を閉め、美佐子さんとふたりであの雨のなかを、駅まで歩いたのです」

「それは、うらやましい」

と、黒田は言った。眼鏡の奥で彼の目は心から柔和だった。

「それはいい体験でした、という意味でうらやましいですよ」

「途中で雨宿りしたときには、ほんの一瞬、美佐子さんの主演する映画のなかに入ったような錯覚がありました」

ウィスキーを口に含んで、黒田はうなずいた。そしてそれを飲み下し、

「美佐子さんの主演した映画は、まだご覧になってないのでしたね」

と、大塚に訊いた。

「まだです」

「私は二十一本、全作品を観てますからね。映画のなかの彼女がどんなだか、よく知って

ます」

「現実の美佐子さんとは、ずいぶん違いますか」

黒田はふたたびうなずいた。

「まったく別人です。と言うよりも、別世界の人です。演じているのは、確かに現実の平井美佐子ですけれど、レンズごしにフィルムの乳剤にとらえられて現像され、それが光によってふたたびレンズごしにスクリーンに映写された虚像になる、という複雑な科学世界の出来事に、美佐子さんはなんの無理もなく耐えることが出来て、しかも耐えるだけではなく、そこから別の美しさを存分に引き出して、それを自分のものにしてしまうのです」

黒田の言葉を大塚は受けとめた。そしてその証として、次のように言ってみた。

「フィルムに撮影されることによって、まったく別な美しさの人になることが出来るのですね」

「そのとおりです」

と、黒田が言ったとき、店のドアが開き、四人の男たちが口々に歓声を上げながら、ひとかたまりに入って来た。すでにカウンターにいる七、八人の男たちの、仲間だった。店のなかの賑やかさはいっきょに倍になり、カウンターの席は大塚のすぐ隣まで、いっぱいになった。

「出ましょうか」

黒田が彼に体を寄せて小声で言った。

「河岸を変えましょう」

「そうしますか」

「それが一番」

と言って黒田はグラスのなかのウィスキーを飲みほし、皿のピーナツを片手にひとつかみ、口のなかに入れた。大塚もハイボールのグラスを空にした。黒田が口のなかでピーナツを嚙み砕く音を、彼はすぐかたわらに聞いた。ピーナツを口の中で器用に一個ずつ嚙んでいるような音だ、と彼は思った。ふたりの動きに気づいた美佐子が、ふたりの前へ来た。

「河岸を変えます」

と、黒田は美佐子に言った。

「ごめんなさい」

「ご心配なく。彼とじっくり話をしたくて」

「また来てね」

と、大塚に微笑を向け、黒田には、

「今夜はほんとに、ごめんなさい」

と、低い声で言った。

「勘定はつけておいて」

と言った黒田に、美佐子は笑いながら首を振った。

「今日はつけません」

ふたりはストゥールを降りてドアに向かった。美佐子はカウンターの外に出て来た。ドアを開いて外へ出るふたりを、美佐子は見送った。

店から路地づたいに歩きながら、

「今日の梢の客は、映画の現場の連中です」

と、黒田は言った。

「美佐子さんの以前の仕事仲間でしょう。映画の人たちは、服装から酒の飲みかたにいたるまで、独特ですぐにわかります」

「美佐子さんは楽しそうでしたね」

「いちばん年かさの男性は監督です。確かそうです。美佐子さんの主演作を、四本、監督しています。どこか静かなところへいきましょう」

黒田は駅の方向へ歩いた。そして途中で方向が変わった。ついていく大塚にとっては、滅多にいかないあたりへ出て、脇道に入ってそのなかほど、道に面した一階の店のドアを、黒田は指さした。ドアを開いてふたりはなかに入った。

店の空間の左側には、ゆるやかにカーヴを描いたカウンターがあり、それに向かい合って、丸い小ぶりなテーブルを囲んだ半円形のブースが、手前から奥に向けて、いくつかつらなっていた。店のいちばん奥にはテーブルの席がいくつかあり、その隣はドアはないけれど個室として仕切られたスペースだった。低いテーブルをソファが囲んでいた。カウンターに三人、そしてブースに四人連れがひと組いた。奥のテーブル席をふたり用になおしてもらい、そこに大塚は黒田と向き合ってすわった。黒田が買い置きしてあるスコッチの瓶、氷のペール、コースターやグラスなどが、テーブルに手際良くただちにならんだ。

「私はお腹が空いてます。あなたもなにか食べませんか」

そう言って黒田はメニューを見た。

「ここは食事も出来るのです。軽くも重くも。ハムとチーズのサンドイッチ。食べたいなあ。ハムはなかなかだし、チーズがいいんですよ。こくのあるチェダーでね。ウィスキーによく合う」

それを二人前、黒田は注文した。それぞれに飲み物を作り、ふたたび乾杯した。オン・ザ・ロックスの最初のひと口、そしてふた口を、深く賞味する表情で飲んだ黒田は、

「今夜の美佐子さんは楽しそうでした、とさっきあなたはおっしゃった」

と、大塚に言った。

「そのとおりだと、私も思います。ということは、私見によれば、いつもの彼女は、いささか寂しそうである、ということです」

「僕もおなじことを、ちらっと感じたことがあります」

大塚の反応に黒田は大きくうなずいた。

「私が勝手にひとりでそう思うのではなく、あなたもおなじことを思う。平井美佐子が、寂しい気持ちを胸のなかにたたみ込んでいることは、確かです」

「なぜ寂しいのでしょうか」

彼の問いに対して、黒田は次のように答えた。

「自分が映画の世界を去ったことが、去ってからずっと、寂しい気持ちを彼女の胸のなかに作っているのです。彼女が銀幕を去ったのは、早すぎたと私は思います。おなじ思いの

人はきっと多いはずです。あなたも彼女の主演作を観れば、かならずやそう思う。私は彼女の出演作二十一本をすべて観ています。ですからここから先は、すでに観たものを、繰り返し観るほかないのです。これは寂しいですよ。彼女が胸の底に抱いている寂しさは、映画のなかで架空の人を演じることがもう出来ない、という種類の寂しさです。女優を辞めたら現実だけになってしまって、フィクションと言うか幻と呼ぶべきなのか、そういった世界がすべて抜け落ちて消え去り、それが彼女のなかに寂しさの塊を作っています。これは断言していい」

「自分の映画の話をしているとき、美佐子さんは楽しそうです」

「映画のなかで架空の人を演じた自分に、そのときは気持ちのなかで半分くらいは戻っているからでしょう」

「なぜ女優を辞めたのか、その理由を僕は美佐子さんから聞きました」

「私も聞いてます。美佐子さんが主演している映画を観て、彼女のお祖母さんの友だちが美佐子さんの役柄と現実の美佐子さんを混同してしまい、あんたの孫娘は若いのに悪い女だ、と非難したことを唯一の理由に、平井美佐子は女優を辞めたのです。映画のなかのことと現実とをそこまで混同させる人は、お祖母さんのその友だちだけですよ。辞めるという決定へのジャンプは、あらゆる点から見て早まったとしか言いようがありません」

「辞めて三年目だということです」

彼の言葉に黒田はグラスを唇へ運び、大きくひと口、飲み下した。そしてグラスを置いて彼に顔を向け、彼が驚くほどに真剣な表情で、次のように言った。

「あのねえ。今日の梢で騒いでた、映画の現場の男たちね。彼らの話を、聞くともなく耳にしてたのですが、美佐子さんの銀幕への復帰のことが、彼らの話題に出てましたよ。会社は喜ぶよ、企画はすぐに通る、大急ぎで脚本を書いて、などと監督をやってる男がいきまいてました」

「復帰するのでしょうか」

「けっして無理な相談ではないでしょう。多少は話題になるでしょうし、客は来ますよ。日本映画は斜陽をとおり越してじり貧の急坂を下ってますが、美佐子さんほどなら、最後のひと花は咲かせることが出来ます。それに、新たなアクション・サスペンスの世界を切り開くことだって、充分に可能なのだし」

「シナリオをひとつくらいは自分も書きたい、という気持ちになってきました」

「それも面白い。いい脚本が出来て美佐子さんに託したなら、たちまちなんとかなるかもしれない」

ふたりのテーブルにサンドイッチが届いた。魅力的な大皿に美しく盛りつけてあった。

「これだ、これだ」

そう言って黒田は皿に手をのばした。ひとつを手に取り、大きく嚙みちぎって咀嚼した。大塚も食べた。

「どうです」

そう訊きながら、さらに黒田はサンドイッチを頰ばった。ひとしきり食べて、黒田は自分のグラスにスコッチを注ぎ足した。それを飲みながら、黒田は次のように語った。

「私の平井美佐子体験は、映画が最初でした。出演作をすべて観て、私のイマジネーションのなかに彼女が完全に出来上がったのち、引退の記事を雑誌で読み、それからさらに時間をへて、梢というバーに彼女が出ていることを知って、恐る恐る出向いてみたのです。梢という店はずっと以前からその名前は聞いていて、常連の客が身のまわりにいくらでもいるのですが、私自身はそのときが最初でした。それ以来、平井美佐子を私は梢で何度も見てますし、親しく会話すらしているけれど、現実の彼女のすべてが、仮のことのように思えるのです。この現世に仮の姿でしばらく滞在しているだけで、やがてふたたびスクリーンの彼方にある幻の世界へと立ち戻る人、という印象はそのまま続いています」

「彼女が女優に復帰したなら、黒田さんのそのようなイマジネーションは、現実のものとなりますね」

「そうです、そうなのです」

と、黒田はうれしそうに反応した。

「あなたはまだ彼女の映画を一本も観ていない。平井美佐子という女性が、光をいかに美しく反射させる存在であるのか、あなたはまだ知らない。美佐子が反射させた光は、撮影カメラのレンズをかいくぐり、フィルムの乳剤の膜に、化学的な虚像として移し換えられます。肉眼で現物を見ているときも反射される光を見ているわけですが、フィルムの虚像は光によってスクリーンに映写されます。このような科学的な過程のなかで、現実とはまったく別の美しさを、きわめて高い度合いで獲得するのが、平井美佐子という女優です。復帰第一作はぜひとも白黒の画面で観たいなあ」

3

二週間後、水曜日の午後、彼は自宅の自分の部屋で原稿を書いていた。締切りが重なり合って続いていた。湿度が高くひときわ暑い日だ。黒田から電話があった。

「今日はご自宅で」

と、黒田は言った。

「原稿の執筆ですか」

「そのとおりです」

「昨日、何度か電話をしたのですけれど、どなたもお出にならなくて」

「それは失礼しました」

と、大塚は言い、次のように言葉を続けた。

「母親は歌舞伎を観にいってまして、僕は一日じゅう、神保町とその近辺にいました」

「そうでしたか。いや、じつは」

黒田の声は弾んでいる、と大塚は思った。

「八王子の映画館で、平井美佐子さんの主演作を上映していたのです。社内でたまたま手に取った八王子の朝日新聞の映画欄に、見つけたのです。八王子から通勤している男がいましてね、彼が出勤のとき自宅から持って出た新聞です。三本立てのうちの一本がそうで、昨日が最終日だったのです」

「それは残念なことをしました」

「何度かあなたに電話をかけながらも、とるものもとりあえず私は八王子へ向かいまして、観て来たのです。今日は、夜はどんなご予定ですか」

黒田の質問に、

「自由はききます」

と、彼は答えた。

「では、その自由をきかせていただいて、八時前後に美佐子さんのバーで、というのはいかがですか」

「了解しました」

彼は夕方までひとりで仕事をした。母親は帰宅しないまま、彼は家を出た。下北沢まで歩き、南口の商店街の路地にある洋食の店で、好みの夕食を食べた。そして小田急の各駅停車で新宿へいき、レコード店へ寄ってレコードを何枚か買ったあと、梢に向けて歩いた。八時少し前に彼は店に入った。

カウンターの手前のストゥールには、よく見かける中年の男性がふたり、すわっていた。

奥のストゥールに黒田がいて、カウンターのなかの美佐子が彼の相手をしていた。大塚は黒田の左隣にすわった。

「ここが私たちの定席になってきましたよ」

黒田は笑いながら美佐子に言った。そして大塚には、

「原稿は書き終えましたか」

と、訊いた。

「まだ途中です」

「それは、それは」

「明日の午後には出来上がります」

美佐子が彼のハイボールを作った。

「じつは昨日、八王子の映画館で」

と、美佐子に言う黒田の、うれしそうな横顔を大塚は見た。

「私の映画でしょう」

「そうなんですよ。観て来ました。女優・平井美佐子の主演した犯罪アクション映画。彼を相手にその話をしようと思って、今夜はここへ出て来てもらった」

「なんという作品でしたの？」

ややきまり悪そうに、したがって遠慮がちな口調でそう訊いた美佐子の、美しい表情を縁どる影のニュアンスを、大塚は口へ運んだハイボールのグラスの縁ごしに観察した。

「死闘の地下組織・裸身と拳銃、という題名でした」

「覚えてるわ」

「この作品でも、役名は剣崎竜子なのですね」

「竜子はなんとなくシリーズのようになっていて、私の役の設定はおなじでした。竜子の二作目だったと思うわ」

「立派な親分の次女で、なに不自由ない暮らしのお嬢さんなのですけれど、じつはアメリカでトレーニングを積んで来たピストル使い、という設定です。彼女がトレーニングを受けたのはじつはアメリカの軍隊の基地で、そこでは日本の自衛隊員も市街戦の訓練を受けているけれど、これは日本国内では極秘である、というような話があったりして、なかなか楽しめました。大塚さんはまだ観てないんですよ。昨日は彼を誘おうと思って、何度か電話をしたのですけど、つかまえることが出来なくて」

「残念です」

「裸身と拳銃、と題名にうたったただけあって、裸身が豊富に登場します。そしてそのほとんどが、平井美佐子さんの裸身です」

彼に上半身を向けた黒田は満面の笑みだった。豊かな容積のある体ぜんたいに笑顔が広がっているかのように、大塚には思えた。

「冒頭からして竜子の下着姿から始まります。きっちりとした薄いショーツ一枚の下半身がアップになり、その下半身は黒いスカートをはいていくのです。はききるとカメラは引いて、壁の大きな姿見に写る自分の姿を竜子は見ています。ぴったりと貼りつけたようなタイト・スカートです。これでは走ることも出来ないわね、と竜子は言います。おつきの人のような中年の女性が、おほほほ、と笑って、走るためのお服ではございません、と答える。これがじつは、ほんのちょっとした伏線になっていて、うれしいじゃないですか」

黒田の言いかたに美佐子と彼は笑った。

「いいわ、これで、と言って私はそのスカートを脱ぎます」

と、美佐子が言った。

「洋服はすべて寸法に合わせた誂えを自宅に持って来てもらい、おつきの女性に手伝ってもらって試着してみる、というような設定ですか」

「そうね。あの部屋は、彼女の衣装部屋のような部屋でしょう」

「ぴったりした黒いタイト・スカートを、腰や太腿からはがすように脱いでいく様子を、カメラは見せてくれるんですよ。ショーツ一枚、ブラジャーひとつになった竜子に、これもスカートですけれど、とおつきの女性が差し出すと、まだあるの？　と竜子は言って、ここからタイトルそしてクレディットの画面になります。服を脱いだり着たりしている竜子のスティル・ショットが画面に連続し、そこにキャストやスタッフの名が出て来る、というしかけです。この作品を観るのは、私は二度目ですよ」

この導入部が終わるとすぐに、敵対する地下組織の男たちを三人、剣崎竜子が拳銃でかたづけるシークエンスに入る。かねてより自分を狙っている地下組織の男たちを、目につきやすいオープンのスポーツ・タイプの自動車で、竜子は誘い出す。彼らをかたづけるための最適の場所として、下検分を充分にしてある場所まで、黒いセダンで尾行して来る彼らを竜子はおびき出す。画面を見ている観客の誰もが、あっと驚くような鮮やかな展開で銃撃戦が始まる。最初のひとり、そして次のふたり目と、竜子は倒していく。三人目はやや手ごわい。

ある一定の距離を、竜子は全力で疾走しなければいけないはめになる。冒頭で試着してみせたあの黒いタイト・スカートを、彼女は身につけている。タイト・スカートにパンプスで竜子は走る。スカートがタイトすぎて走れない。物陰へ横ずわりに滑り込んで身を伏せながら、彼女はスカートの裾を腰まで裂く。裂かれたスカートは深いスリットを入れたスカートのようになる。脱いだパンプスを片手に、そしてもういっぽうの手には拳銃を持って、彼女はふたたび走る。きれいなストライドで見事に走る彼女の、裂けたスカートからあらわにならざるを得ない太腿を、カメラはきわめて魅力的にとらえる。

相手と拳銃で射ち合う自分にとって、有利になるはずの場所まで走った彼女は、巧みに身を隠しながら迫る男を充分に引きつける。おたがいに相手は見えないまま、気配を探り合う緊迫したシークエンスのなかに、微笑する美佐子の顔がアップになるカットがあった。男が身を潜めている場所に見当をつけ、男にとって左右へと分かれた方角の地面へ同時に落ちるよう、パンプスを投げる。その音に反応し、うかつにも上半身をさらした男を、竜子はしとめる。拳銃を構えて男へ歩み寄り、絶命しているのを確認し、パンプスを拾って両足に履く。男の拳銃を拾い、先にしとめたふたりの拳銃も、おなじように拾っていく。こうした一連の動作のなかで、腰まで深く裂かれたタイト・スカートは、彼女の脚の魅力を引き立てる。そのことを黒田は熱心に説明した。

「私は助平な気持ちになっているのではなく、平井美佐子・主演の映画を、心から楽しんでいるのです」

と、黒田は言った。

黒田の言葉はさらに続いた。

「荒唐無稽なストーリー展開の、日本ではあり得ない設定の国籍不明の犯罪アクション、などと言って馬鹿にしたりけなしたりする人が、私の周辺にもたくさんいますけど、私はそういう立場を取らないのです。物語は思いのほかしっかりしてます。小粋なひねりが効かせてあってうれしいですし、伏線がいろいろあって、それらがのちほど効果を発揮する様子は、楽しくてしかたありません。いまここにいる平井美佐子さんが、肉体や美貌そして声など、その持てる材料を総動員して剣崎竜子を演じていて、その竜子さんは映画のなか以外にはどこにもいない人である、というところがいちばんうれしいですね。ひとりの生き身の女性が演じているのですが、演じられたその竜子という人は、架空の人であることをはるかに越えて、どこにもいない幻の人なのです。なんと言っても素晴らしいのは、そこですよ」

「僕みたいにまだその映画を観ていない人は、どこにもいない幻のようなその人を、知らないままなのです。そしてその映画を僕が観れば、平井美佐子さんが演じたどこにもいない幻の人は、僕のイマジネーションのなかにのみ、生息します。僕がその映画を観れば、剣崎竜子は僕だけのものになります」

大塚の意見に黒田は全身で同意を示した。

「そのとおりですよ。幻をめぐって、この世は動いているのです」

「私もそうだわ。どこにもいない人を映画のなかに自分で作り出すのが、私には楽しくてしかたないのですもの。撮影がすべて終了すると、ああ、終わっちゃった、残念だわ、といつも思ったものよ」

美佐子の言葉を、隣にいる大塚のために、黒田は次のように引き継いだ。

「そこでいま新たに生まれて来る状況はなにかと言いますとね、平井美佐子さんは銀幕に復帰するのです。どこにもいない幻の人を、スクリーンの上にふたたび、作り出してくれるようになるのです」

「黒田さんの願いは現実になりましたね」

大塚の言葉に黒田はうなずき、美佐子に向けて次のように言った。

「先日もね、彼とウィスキーを酌み交わし、女優・平井美佐子の復帰の可能性について、語り合ったのです」

「また映画に出ないか、というお話は以前からあったのよ。私の周辺にいる人たちの、願望のようなかたちで。黒田さんもそのなかのひとりだと思うわ。でも今回は、私の主演作を三作撮ってくださった、寺前さんという監督さんが会社に企画を提出して、企画はすぐに成立して撮了の予定が立って、いまは脚本を書いてるところなのですって。監督さんとシナリオ・ライターが共同で。お盆明けには撮影が始まって、勤労感謝の日の祭日がある週に公開なの」

「したがって」

と、黒田はグラスを高くかかげた。

「美佐子さんがこの店にいるのは、来週かぎりですよ。そのことに、乾杯」

「新しい女性が来ますから。素敵なかたよ。引き続き、ご贔屓に」

「もちろんです。歓送会、ないしは復帰を祝う会は、かならずやります。そういう趣旨の話が私のところにもすでに来ていて、私は幹事のひとりになるでしょう。ここにいる彼にも手伝ってもらって。どこかいい会場を見つけて、会費制で。派手にはならなくてもいいから、心のこもった集まりにしたい。復帰第一作の撮影が終わってすぐかな」

「それがいいわね」

「そして十一月の終わりには、新作を映画館で観ることが出来る。楽しみが続くなあ。彼もシナリオを書きたくなってきた、と言ってもいることだし」

「小説も書くのよ」

という美佐子の言葉を大塚は受けとめた。

ほんのひと言だが、その言いかた、つまり口調には、工夫されつくした結果としての、底なしの優しさのようなものを、彼は感じた。いま黒田がしきりに語っている、どこにもいない幻の人からのひと言ではないか、という錯覚を快感として知覚した次の一瞬、まったく異なった内容をはらんだ閃きとなって、それは彼の感覚のなかを走り抜けた。

自分はやがて初めての小説を書く。出来ばえを自分がどう判断するかにもよるが、書いた小説は黒田に読んでもらう約束だ。その小説が読み手である黒田のなかに引き起こすべきなのは、平井美佐子が演じて映画のなかに作り出す幻の人をめぐって黒田が感じているうれしさと、少なくとも同等の、うれしさや楽しさなどの感情ではないか。そのことがあまりにも明確に見えたすぐ隣には、やがて自分が書くはずの小説に関して、その内容や主題など、まだいっさいなにひとつ頭のなかにあらわれてはいない、完全な空白である状態が、同時に見えた。そのふたつのことが彼のなかでひとつに重なり、ごく短い時間だが呆然となって大塚はそれを受けとめた。

「つい昨日、私は剣崎竜子の活躍を、八王子の映画館のスクリーンの上に堪能したのですけれど、いまはこうして、剣崎竜子を演じた平井美佐子を目のあたりにしている。この事実をどう理解すればいいのでしょう。幻の人に楽しませてもらうと同時に、その幻の現世における素材をも、こうして楽しんでいる。そうとでもとらえる他に、とらえかたはないでしょう」

黒田は大塚に顔を向けて同意を求めた。

「いまこの時間は、黒田さんにとって、たいそう贅沢なひとときなのです」

と、大塚は言った。

「まことに贅沢ですねえ」

満足そうな黒田に、美佐子は途方に暮れたような表情を見せた。

「撮影の現場で、撮影に関して全面的に責任を負う撮影監督から、こんな話を聞いたことがあるの。若いきれいな女優さんが三か月ぶりに、その人の班の作品に出演したのですって。リハーサルが終わって、照明もなにもすべて整って、さあカチンコ、というときに撮影カメラのファインダーでその女優さんを見て、ああ、ちょっと老けたな、と思ったりするのですって。若い女優さんの三か月よ。私はこの歳で二年九か月ぶりなのよ、いったいどうしたらいいかしら」

ストゥールの上で豊かな体を楽しげにゆすって、グラスを片手に黒田は笑った。

「まさに現世の悩みだねえ。面白い話を聞いた。これもまた贅沢のうちですよ」

三丁目に食堂がある

1

初夏の気温の高い日、午後三時、交差点を西へ越えたところにある停留所で、村瀬俊介は都電を降りた。そこから南側の歩道へ渡り、交差点へ引き返し、南へ向かった。この方向にも都電はあるのだが、彼は乗り換えはせずにいつもここからは歩いていた。LPが十二枚入っている紙袋を脇に抱えていた。七、八分歩くとその道は下り坂となり、同時に右へカーヴしていった。坂とカーヴのまんなかあたりで脇道を右へ入り、突き当たりまでいくとその左側に広く駐車場のスペースがあった。そのスペースと向き合っている七階建ての建物に、彼は正面から入った。

入ると目の前にエレヴェーターがならんでいた。この建物は斜面に建っている。フロアをいちばん下から数えていくと、いま彼がいるフロアは三階にあたる。階段を使うには建物の奥までいかなくてはならない。彼はエレヴェーターに乗った。そして五階で降りた。スタジオへの部外者の出入りを固く禁じます、と書いてある立て看板のある狭い通路をいくと、小さなロビーのようなところに出た。そのロビーのあちこちに、いくつかのスタジオへの入口があった。5という番号の入口を彼は入り、狭い通路を抜けて待合室のようなところに出た。

正面にコントロール・ルームがあり、ドアは開いていた。そのさらに奥に防音扉でへだてられたブースがあり、そことの仕切り窓である透明なガラスの壁に向けて、横幅のある調整卓を中心に、レコード・プレーヤーやモニター・スピーカーなど、民放ラジオ局のスタジオに必要なものが、やや雑然とならんでいた。ブースのなかのマイクロフォンの下がっているテーブルのかたわらに、川崎健二郎が立っていた。中年の男性と話をしている川崎は村瀬に気づき、うなずくと同時に片手を軽く上げた。しばらくして川崎はブースから出て来た。中年の男性を外まで送り、引き返して来て村瀬に両手を差しのべた。

「ご苦労さん」

そう言って川崎は、村瀬からLPの入っている袋を受け取った。川崎が担当している番組のうちふたつで、村瀬は音楽の選曲を引き受けている。音源であるLPと、番組のなかでの演奏順に曲名をリストにしたものが、その紙袋に入っていた。

「リストとLP、いつものとおり」

と、川崎は確認した。そして、

「時間、ある?」

と、訊いた。

「ありますよ」

「お茶、飲もう。これは俺のロッカーに入れておく。デスクに置いとくと、黙って持っていっちゃう奴がいるんだよな、ここのところ」

ふたりはコントロール・ルームを出た。途中で妙な角度で枝別れしている通路に、川崎は入っていった。村瀬はエレヴェーターの前で川崎を待った。ふたりはエレヴェーターで二階へ降り、そこにある喫茶店に入った。民放のラジオが仕事と関係している人たちの見本市のような店だよ、とかつて川崎は言ったことがある。村瀬にとっては、すでに何度入ったかわからないほどに、川崎としばしば来ている店だ。

川崎が言ったような雰囲気の男たちが、黒いヴィニールで覆われた席をほぼ埋めていた。奥の黒い壁を背にした席には、目立つ派手な女性がひとり、何人かの男たちとともにいた。村瀬は名前を思い出せないが、流行歌の歌手だ。尻を滑らせると、グビッ、と音のする席に、川崎と村瀬はテーブルをはさんで向き合った。水のグラスをふたつ持って来たウェイトレスに、川崎はコーヒーをふたつ注文した。立ち去る彼女のうしろ姿を目で追いながら、

「ここのウェイトレスたちは、俺にとってはいまだに謎だよ」

と、川崎は言った。

「なぜだか妙に何人もいてさ。制服だろうけど黒いタイト・スカートに白い長袖のブラウスで、背丈から顔だち、体のつくり、雰囲気、喋りかたまで、みんな似てるんだ。店の方針かねえ」

「きっとそうでしょう」

「そんな方針を実行に移して、なんの得があるんだ」

「雰囲気は統一されますよ」

「どの女性も、けだるい雰囲気だよなあ」

「そうですね」

「美人と言うなら美人かもしれないし、スタイルがいいと褒めるなら、そうも言えなくないという、中途半端なところまでみんな揃ってる。いまの子だって、けだるいよなあ。演技かね、あれは。客に腰を斜めに向けて、くいっと捻って、股間の前でグラスに水を注ぐんだ。水をお代わりしてみな」

川崎の言いかたに村瀬は笑った。そして水をひと口だけ飲んだ。

「悦子が辞めるんだよ」

と、川崎は言った。

「そうですか」

悦子とは竹内悦子といい、川崎が担当している土曜日の夜の一時間番組で、マイクロフォンの前にひとりすわり、いろんなことを喋りLPをかけ、話をさばいていく女性だ。この局のアナウンサーではなく外部のタレントだが、この番組だけが活動の場だ。村瀬が選曲を引き受けているふたつの番組のうちのひとつだ。

「てきぱきとめりはりがあって、良かったんだけどねえ。声には思いのほか微妙に影があって。その声だけを聴いてると、やや憂いのある細身の美人を連想したけどな。お前もそんなことを言ってたよなあ」

「美人ですよ」

「美人は美人だけどさ。今日は収録を見ていかないか。今月いっぱいだから、あのグラマーな体も、見られなくなるよ」

「残念ですね。ほんとに、なかなか良かったのに」

「お前とおなじ歳だっけ?」

「そうです。僕も彼女も、二十七歳」

「俺は三十だ。シロアリ三十」

「なんですか、それは」

「啖呵売りの口上だよ。教えてやろうか。街角のふとしたところに啖呵売りが店を開いて、ほどよい数の客が足を止めたところで、ひとりの女性客に向けて、それにしてもおばさん、さっきから俺は感心してるんだけど、おばさん、美人だねえ、と啖呵売りが言う。もちろんさくらのその女性は、ややおおげさに、ありがとう、と答える。それを受けた啖呵売りが、蟻が十ならミミズは二十歳、シロアリ三十、イエダニ四十、ゴキブリとうとう五十を越えた、などと威勢よく口上を述べる。そのシロアリだよ、俺もついに」

ふたりのコーヒーがテーブルに届いた。ウェイトレスがコーヒーを置いていく様子を川崎は観察した。その川崎を村瀬が見ていた。ウェイトレスが立ち去って、

「悦子さんはなぜ辞めるのですか」

と、村瀬は訊いた。

「結婚だよ。番組のスポンサーが、日本人なら誰でも知ってるあの商社だろう。うちの営業からその商社の宣伝担当の男を紹介され、その男からエリート・コースの男を引き合わ

され、交際が始まって三か月くらいかな。結納は終わったそうだ。エリート・コースとは言ってもそいつも営業で、西ドイツのどこだったかな、エッセンじゃなくて、そうだ、デュッセルドルフ。そこへ赴任するので、悦子は結婚していっしょにいく。商社の営業なんて、大変だよ。でも悦子は上昇志向だから、うまくいくだろう。現地の日本人を呼んでホーム・パーティを仕切ったりするんだ。あの体にいつものぴちぴちの服を着て」

川崎はコーヒーを飲み、

「コーヒーも、けだるくまずい。立派なもんだ」

と言い、長身の上半身を村瀬に向けて乗り出させ、両膝に肘を置いた。

「だからさあ、話の当然の成りゆきとして、誰かいい人いねえかなあ。悦子の次の人。土曜と日曜の夜の、おなじ時間の番組を、なんとなくつながったかたちで、俺は本気でやりたいんだよ。会社のOKはとってある。土日の九時から十時。うまくいかせて、十一時までのばして。さらにうまくいったら、スタートを八時からにする。三時間。その週のしめくくりの雰囲気が土曜日の番組で、次の週のスタート前、という雰囲気が日曜日。悦子が来月からもういないから、さっそく新しい人が必要だ。女だよ。誰かいないか。ぱっと頭に浮かぶ女」

村瀬には思い浮かばなかった。だから首を左右に振った。

「いろいろとつきあいはあるだろう」

奥の席にいる流行歌手が村瀬の目にとまった。

「歌手は？」

と、村瀬は言ってみた。

今度は川崎が首を振った。顔をしかめてさらに首を振り、

「いろんな売り込みはあるんだよ」

と言った。

「女優で芽が出るまでラジオでとか、劇団にいるけど食えないのでアルバイトにラジオで喋りたいとか。俺の性格としては、売り込まれたくないんだよ。自分で見つけたい。たとえばお前に誰かを紹介されたとしても、俺が会ってみて気にいって、俺が自分で口説きたい。悦子のようにな」

悦子を発見したいきさつについては、村瀬は川崎から何度か聞かされていた。一年半ほど前、川崎が銀座でふと入ったバーのカウンターの、隣の席にいたのが悦子だったという。悦子が連れと語り合う声を聞くともなしに聞くうちに、川崎の職業意識が頭をもたげた。

この声と喋りかたを放送の電波に乗せたらどうなるか、川崎は想像のなかで試みてみた。川崎は名刺を出して自分の仕事を彼女に説明し、暇なときふと思い出したら局を訪ねてくれないか、テストしてテープに声を入れてみよう、と提案した。

「そしたらほんとに電話をくれて、局にあらわれたんだよ。テストしたらたいへんOKで、特訓もなにもなくて、いきなりだよ。頭がいいし、なによりも乗りがある。こっちがぽんと投げたものに、ひょいと乗っかれるところが、いちばん大事だな。誰かいないかよ」

川崎はテーブルに向けて前かがみとなり、コーヒーを飲んだ。受け皿にカップを戻し、

「ほんとにけだるいよ、このコーヒーは」

と言った。

「けだるいけど、底は浅いな。薄っぺらくけだるいウェイトレスたちと、いい勝負してる。悦子が抜けて、まるで示し合わせたかのように、商社のスポンサーシップが切れる。当面はうちのアナウンサーを代役に立てて、サステインでやらなきゃいけない」

機嫌良く喋らせておくと、川崎は際限なく喋る。話の領域も広がるいっぽうだが、どこかでかならず核心へと戻る。

「誰か、いないかよ」

三度目として、川崎は言った。

「せっかく今日ここで、こういう話をしてるんだから、誰か思い浮かべてくれよ。ずぶの素人でいいんだ。俺が仕込む。美人がいいね。悦子は録音だったけど、これからは生できたい。土曜日の夜に九時から十時までスタジオでいっしょに仕事をするんだから、ガラス越しにブースを見たらそこには美人がマイクの前にいる、という光景であって欲しい。誰か美人を思い浮かべろよ」

村瀬の頭のなかは空白のままだった。そして空白のままに、

「年齢は？」

と、訊いてみた。

「お前とおなじくらいでいいよ。悦子とおなじような歳。二十代後半のさらに後半、というのがいちばんいい。二十代前半の人は、なしにしよう」

「二十六、七、八」

「そうだよ」

「知り合いでいちばんの美人は誰かといま思ったら、高校の同級生がいた」

「声は？」

「いいよ。風情があって、涼しげで。卒業のときは総代だったから、頭はいい。思いきりがいいのかな。大人の感じだね」

村瀬の説明に川崎は両手を打ち合わせた。弾けたような音が、店のなかぜんたいにいきわたった。近くの席の男たちが肩ごしに川崎に顔を向けた。

「それこそ、ぴったりだよ。体は、どうなんだ」

「体?」

「悦子があのとおりのグラマーだから、それに比較してどうか、ということ」

「そういう視線で見たことはないけれど、ほっそりしてる。曲線は目立たない。ほっそりとまっすぐで、立ち居振る舞いは静かだ」

「なおさらいいよ。名前はなんというんだ」

「村上由起子」

「いいね。言いやすくて、覚えやすい」

「高校三年のときのクラスに、村の字のつく人が三人いてね。彼女が村上、僕が村瀬、そして僕のあとに、村野弥生という女性がいた。村の三人衆、と呼ばれていた」

「それもいまは遠い思い出だ」

「そうだね」

「きつい声なのか」

川崎の質問に村瀬は首を振った。

「そんなことはない。余韻には優しさを感じることも出来る」

「性格は？」

「いついかなる場合でも、自分は自分自身である、という人」

「ますますいいね。お前との関係は？」

「高校の同級生ですよ」

「それだけか」

「親しいと言うなら、かなり親しい」

「出来てるのか」

川崎の質問に村瀬は笑った。

「僕は彼女の弟分だから」

「隠すなよ」

「隠してなんかいません」

「聞き分けのいい弟が高校の同級生で、その後もずっと親しければ、よかったらお姉さんを抱いてもいいのよ、なんてことだってあるじゃないか」

村瀬はふたたび笑った。

「そんなこと、ありっこない」

「出来てても、出来てなくても、どっちでもいいけれど、出来てないほうが仕事はやりやすいな」

「出来てっこないよ」

「喋りは、どうだ」

「はっきりしてる。さっきも言ったとおり、風情もあるし優しさも感じられる」

「人の話を聞けるタイプか」

「いっしょにいていろんな話をしてると、気持ちが安らぐよ」

「お前がそこまで言うんだったら、その子にきめよう。由起子にきめよう。喋りは俺が仕込む。俺はうまいんだ。しかしだね、真面目くさって四角いまんまの女とか、ひとりで喋り始めると妙な節がついたりするのだけは、俺は御免だ」

「その心配はいらない」

と言いきる自分にとって、根拠はどのあたりにあるのか、村瀬は頭のなかを探してみた。確たるものはなにも見つからなかった。

「高校では三年間おなじクラスだった」

「いま、なにをやってるんだ」

「高校を出て、有名な商社に就職したよ」

「また商社かよ。そう言やあ、お前も商社だったよな。大学を出てそこに就職し、三か月で辞めた話を聞いたよ。三か月目の朝、部長のところへいって、それではこれで失礼いたします、と言って辞めた話」

村瀬は苦笑した。

「彼女は商社に就職して、秘書課に配属されたんだ」

「エリート・コースの奴らの、嫁さん候補たちの置屋じゃねえか」

川崎の言いかたに村瀬は笑った。

「だからそれが嫌で、昨年の三月いっぱいで退社した」

と、村瀬は言った。

「なぜ、嫌なんだ」

「いま川崎健二郎が言ったとおり、社にとどまるかぎり、嫁さん候補だから。二十歳を過ぎた頃から、社内での見合いの話がたくさんあって、二十六歳までそれを断り続けた。最近になって、見合いの話がふたたび多くなってきた、と彼女は言っていた。外国へ赴任していた商社員の結婚がやや遅れ始めていて、仕事経験を積んだ三十代なかばの男たちにとって、いまの彼女はちょうどいい相手になりつつある。断りきれなくて、と言うよりも、そういったことぜんたいが嫌になって、退社した」

「珍しいなあ」

と、川崎は言った。

「普通はいろいろ秤にかけて、いちばんいい話に乗っかるもんだけど」

「彼女はそういう人ではないね。それに、もうひとつ、理由がある」

「なんだい、それは」

「お母さん」

「どうしたい」

「彼女はお母さんが二十三歳のときの娘なんだ。ひとり娘。お父さんは彼女が中学生の頃に急死した。それ以来、母ひとり娘ひとり。お父さんは商店街で食堂を営んでいた。料理人だね。それをお母さんが引き継ぎ、いまでも店は繁盛している。手伝いの人がこれまで何人か入れ代わったけれど、お母さんの姉の三女が、自分も食堂をやりたいという人で、月給制で店を手伝っている。とてもいい女性でね。愛嬌があって料理がうまくて。だからいまお母さんはかなり楽なのだけど、母が五十歳になったら楽をさせたい、とかねてより娘の由起子は言っていた。昨年がその五十歳の年だったから、それもあって彼女は商社を辞めた。いまは食堂で料理を作ってる」

「ますますいいじゃないか」

川崎は身を乗り出させた。両手を左右の膝に置いて力を込め、次のように言った。

「もともと素材は上出来で、商社の秘書課に八年か。会社の世界は知ってるし、口のききかたも身についた。そこへさらに、商店街の食堂の体験か。なにかひとつ確かな体験があるというのは、ラジオで喋るときに強みになる。食堂のことを少しずつ話題にしてもいいわけだ」

「高校二年のとき、お母さんが体調不良になって、そのときは彼女だけではなくこの僕も、食堂を手伝った。馬鈴薯の皮をむいたり。夜の七時にカウンターのいちばん端でまかないの夕食を食べ、八時に閉店。そして僕が店の掃除をした」

「いまは彼女が切りまわしてるのか」

「お母さんも手伝うし、さっき言った親類の女の子がたいへんいい。お母さんの昔からの知り合いが近くでスーパーマーケットを経営していて、そこで売るものをお母さんが受け持っている。ハンバーグやコロッケ。ポテトサラダもおいしい。人気があって毎日ほとんど売り切れる」

「お前はどのくらい手伝ったんだ」

「半年は続いたかなあ」

「商社を辞めて食堂を継いだ彼女は、お前にも飛び込んで来て欲しいんじゃないか」

川崎の言葉に村瀬は笑った。

「飛び込むのは勝手だとしても、それは彼女にとって迷惑になるだけだよ」

「あちこちの雑誌に書いてるのを読むかぎりでは、お前の文章は面白いけど、現実のアクションでは気のきかないところがあるからなあ。飛び込んで来てもらいたいんだよ」

「確認しておく」

「小説を書くんだなんて言ってないで、夫婦になって食堂をやれよ。小説は休みの日に書きゃあいいんだ」

「食堂は土日が定休だよ」

「だったらますますいいよ。土曜日には俺みたいな、いままでつきあいのなかったような連中と、ほんの二時間だけ仕事をすると世界は広がるよ。仕事とは言っても、いろんな話をマイクの前でさばけるようになると、遊びみたいなもんだから。当面は一時間だけど、正味は四十七分くらいで、音楽が半分はいくから、喋りは合計で二十分ちょっとだよ。出演料は最低クラスからだけど、月に四回として、お前の歳でサラリーマンやってる奴の月給の、三分の一くらいにはなるよ。いい小遣いだ」

川崎はそこまでひとりで喋り、シートの背もたれに上体を預けた。なにごとかに深く感心しているかのような表情で、彼は向かい側にいる村瀬を見た。

「なんていう食堂なんだ」

「三丁目食堂」

「なんだって？」

「三丁目食堂」

「変わった名前だね。三丁目にあるのか」

「そうだよ」

「どこの」

「下高井戸」

「おい、おい、驚かさないでくれよ。俺は京王線の調布で、下高井戸なら毎日とおってるよ。途中下車で飲み歩くことだってよくあるし。三丁目食堂本日定休。これが番組のタイトルだ。タイトルが先にきまると、幸先がいいんだ。下高井戸で電車を降りて、客として俺がその食堂へ食いにいくと、いまお前が言ったような美人に会えるわけだ」

「そうだよ」

「今日は木曜日。明日、いくよ。午後六時。お前も来てくれ。ここは早じまいにして、六時にそこへいって夕飯を食って、一種の面接だから俺にとって彼女が合格なら、名刺を出してきちんと話をして、次の日が土曜じゃないか。下高井戸でもどこでもいいから、午後に喫茶店でさらに詳しい話をする。そこへお前もあらわれる」

「いくよ」

「選曲だけじゃなくて、構成もやってくれよ。いま俺が考えてるのは、土曜日はこれまでどおり、ストリングス系のムード音楽なんだよ。マントヴァーニとパーシー・フェイスのLPが揃ってれば、あとはいろいろと補完するとしても、選曲だけじゃ若い男の仕事として簡単すぎるだろう。構成も引き受けて、少しは苦労してみろ。小説にも役に立つから。うちの局で構成をやってて、いまは作家になってる人がいるよ」

「日曜日は？」

という村瀬の質問に、

「ジャズにしたいね」

と、川崎は答えた。

「ピアノを中心にして。トリオだな。これも選曲はお前。だからぜひとも、三丁目食堂の構成も引き受けてくれよ。高校で同級生だった美人といっしょに仕事が出来るなんて、いいじゃないか。九月からにしようか」

「すぐに九月だよ」

「十月だな。十月の最初の土曜日は、何日だ。一九六七年十月、第一土曜日を期して、九時から十時まで、新番組、三丁目食堂本日定休。お前が構成を引き受けて、そのお前が土曜日の夜にはスタジオに来てれば、彼女だって安心だろう」

「そうかもしれないね」

「仕事が終わったら、いっしょに帰ればいい。電車で帰れる。銭湯のしまい湯に間に合うよ。よし、それでいい」

川崎は顔の前で両手を打ち合わせた。今度も乾いたいい音がした。

「今日はいい選曲だけではなく、いい話も持って来てくれた。明日の夕方、六時、三丁目食堂で。場所を教えてくれ」

下高井戸はよく知っている、と川崎は言った。村瀬のおおまかな説明に、川崎は街なみのディテールをつけ加えて、食堂の位置を特定させた。

「そんなとこに食堂があったかな」

真剣な表情で川崎は顔をかしげた。

「食堂の前を俺は何度となく歩いてるよ。もっともなあ、酔っぱらっていい加減に歩いてることが、ほとんどだから。なにがどこにあっても、目には入っても覚えちゃいないな」

シャツの胸ポケットから川崎は煙草のパックを取り出した。なかから一本を抜き出したが、そのままパックのなかに戻した。

「大事なことを忘れてたりしてないかな」

と、川崎は言った。

「べらべらと喋るわりには、この俺は抜けてるところがある。忘れてることは、ないか」

「ないよ」

「よし」

川崎は伝票を片手のなかに握り込むように持ち、席を立った。村瀬も立ち上がった。喫茶店を出たふたりはエレヴェーターへ歩いた。エレヴェーターを待ちながら、村瀬はふと思いついた。そうだ、今日の夕方、村上由起子のいる三丁目食堂へいこう。しばらくいってない。いつ見ても輪郭のくっきりとしたあの美人ぶりを、カウンターの席から観察しながら、小さく切った厚いベーコンの入ったポテト・サラダを食べる。

ドアが開き、ふたりはエレヴェーターのなかに入った。ドアが閉じ、エレヴェーターは上昇を始めた。

「おう、忘れてた」

川崎が言った。

「やっぱり忘れてたよ。料理の腕は、どうなんだ」

「僕?」

「違うよ、お前じゃない。その食堂の美人」

村瀬はしばらく考えた。そして次のように言った。

「擬態語で言うなら、パリパリのチャキチャキ。ぐにゃっとした感じや、ぼんやりと曇った感触などいっさいなくて、からっと晴れた、風が気持ちいい日のような」

「最高だなあ」

深く感心したように川崎は言った。三階でともにエレヴェーターを出ながら、

「それほどいいとなると、この俺が惚れるということもあり得るなあ。妻帯者で二児の父親ではあるけれど」

2

村上由起子の母親は由美子という。二十二歳のときに村上浩一郎という男性と結婚した。結婚する二年前まで、浩一郎は外国航路の貨物船に乗り組み、料理人の仕事をしていた。洋上およびさまざまな外国の寄港地をめぐっては、何か月も船とともに過ごす、という日々を送った。船を降りて陸へ上がり、ひとつのところに落ち着いて毎日を送る、という生活に二年かけて慣れた。東京の私鉄沿線の商店街で食堂を営むことにきめ、そのための準備を進めている途中、仲介してくれる人があって由美子は見合いをし、結婚

した。そしてその三か月後に食堂が開店した。

「なにを考えてるのかよくわからないところもあったけれど、仕事も生活のしかたも、たいへんにきっちりしてたわね。そのあたりは安心だったわ。それに、あなたは見てないけれど、じつにいい男なのよ。あらあら、私の主人はこんなにいい男だったかしら、と思うことが何度もあって。そのへんは由起子が引き継いでるわね。なにを考えてるのかよくわからないところは、まったく似てないの。由起子がなにを考えてるか、すぐにわかるから。ふとうしろ姿を見ただけでも、あるいは、足音を聞いただけでも、あの子がなにを考えてるのか、たちどころにわかるのよ」

由美子から村瀬はそんなことを聞かされたことがある。高校生の村瀬が三丁目の食堂を手伝っていた頃だ。

ひとり娘の村上由起子が十三歳、中学一年生のとき、心臓疾患が原因で、父親の浩一郎は食堂で急死した。妻の由美子が手伝いのために食堂へあらわれる直前のことだった。手伝いの人が呼んだ救急車がサイレンを鳴らしつつ、商店街のなかをこちらに向けて走って来るのを、食堂に向けて歩いていた由美子は見た。救急車は食堂の前で停止した。手伝いの人がまっ青な顔で外へ出て来た。食堂へ走りながら、客が倒れたのだろう、と由美子は思った。カウンターの前のフロアに、両腕で頭をかかえるようにしてうつ伏せに横たわっていたのは、エプロンをつけたままの夫だった。

救急隊員は彼を担架で救急車に乗せた。由美子が同乗し、病院へと向かった。病院で死亡が確認された。由美子は食堂の近くに住む友人に電話をかけ、手助けしてくれるよう頼んだ。遺体を引き取って自宅へ戻った。手助けを頼んだ友人の夫は、たまたま休みをとって自宅にいたという。彼が人を集め、要領良くすべてを仕切り、その日の夜が通夜となった。あっと言う間に自宅が通夜の家らしくなったことに驚きながら、由美子は食堂のことを思い出した。

だから彼女は食堂へ取って返した。食堂は営業していた。五人の客がそれぞれに早めの夕食を食べていた。学校から帰る途中に寄った由起子がいた。手伝いの人から事態を聞かされたばかりの由起子は、血の気のない顔で緊張していた。母親を見てその表情からすべてを察し、由起子は泣き出した。娘を抱き寄せた母親は、「家へ帰ってて。今日は早めに閉めるから」と言ったのだが、由起子は帰らずにいた。新たな客を断る役を由起子が引き受けた。五人の客がひとりずつ店を出て、その日の営業はそこで終わった。

手伝いの人と三人で、自宅へ帰った。人がたくさんいた。なぜか雰囲気は賑やかで、華やいですらいる、と由起子は感じた。次の日が葬儀だった。店は休んだ。そしてさらに次の日、由美子は手伝いの人とふたりで店を定刻に開いた。「二、三日、あるいは四、五日、さらには一週間とか十日、あのとき休んでたら、店は二度と開けなかったかもしれないのよ。夫が突然に世を去っていなくなったこと、そして自分はあとに取り残されたこと、このふたつに対して、とにかく必死になって私は腹を立てたの。純粋に憤る、とでも言えばいいのかしら。そんなふうに腹を立てることによって、エネルギーを自分のなかから絞り出して、一日、二日、三日、と店を開いてたら、五日目がちょうど金曜日で、六日目の土曜日と七日目の日曜日はもともと定休でしょう。だからその二日間は休んで、次の月曜日からは、無理に腹を立てたりしなくても、いつもどおりに店を開くことが出来たの」という話も、村瀬は由起子の母親から直接に聞いた。

自分と娘ひとりの生活を支えれば、あとは手伝いの人の給料が出せればそれでいい。ほかに問題はなにもない。食堂は繁盛している。毎日は多忙ではあるけれど、頭を悩ませる難しいことはなにひとつない。だから毎日を続けていけばそれでいい。続けていけることが自分たちの幸せなのだ。食堂を手伝っていた高校生の村瀬を聞き役に、由起子の母親はそんなことも語った。

村上浩一郎の突然の死から一年後、おなじ貨物船に乗り組み、気が合って親しくしていたという男が、食堂にあらわれた。いまはなにも仕事をしていず、したがってどこに住んでもいい自由の身だから、もし手が足りないなら、この食堂の料理人として使ってもらえないか、とその男は未亡人の由美子に言った。食堂に関するほぼぜんたいを彼にまかせるかたちで、給料をきめて雇い入れた。男は食堂から歩いて五分ほどのところにアパートの部屋を見つけ、そこに住んだ。

半年がなにごともなく経過した。男は料理の腕が確かで、食堂の切り回しかたも気が効いていた。安心してすべてをまかせることの出来る人だと由美子は判断し、そのとおりにしていた。半年後のある日、その男の妻が食堂に姿を見せた。自分の夫は昔の船員仲間の美人の後家をなんとかしようとしている、とその妻は邪推していた。「そんなつもりはこれっぽっちもないのだけど、こいつの頭のなかに想像でお話が出来てしまうとそれはれっきとした現実だということになってしまうので、今日の閉店でおしまいということで僕を解雇してください」と、君塚というその男は由美子に言ったという。この話も村瀬は由美子から聞いた。「もめごととまではいかない小さな出来事だけど、いつまでも頭に残ってるわねえ」と、由美子は言っていた。

問題と言えるようなことは探すとせいぜいこれくらいで、あとはいっさいなんの障害もなしに、きわめて滑らかに、三丁目食堂の日々は経過していった。君塚という男がいなくなったすぐあとに、高校を卒業したばかりの女性がひとり、食堂に雇われることになった。料理人としていつの日にか自立することを目指している彼女は、修行の一環として食堂で働きながら、最初の目標である調理師の免許を獲得したい、ということだった。村上由美子の親しい友人のひとりを介しての紹介だった。この女性はたいへんな働き手で、客にも人気があった。三丁目食堂で三年間、彼女は働いた。

娘の自分はどうすればいいのか、ということを由起子は常に考えていた。中学三年の秋に、由起子は自分の考えていることを母親に伝え、母親の意見を聞いた。「まだ十四歳でしょう。ごく普通に中学生でいてちょうだい。それだけ。これまでとおなじように、友だちと仲良くして、よく勉強して、私の言うことを聞いて。ほんとに、それだけ。そして、絶対に、高校へ進学してちょうだい」というのが母親の意見だった。

美少女は成長していき、高校生となった。二年生から三年生にかけての一時期、由起子の母親は体調不良の状態におちいった。手伝いの人がいてもいなくても、由起子は食堂を手伝い、見よう見まねでいろんなことを覚えた。村瀬俊介も手伝った。彼も食堂のメニューにある料理の、ほとんどを作れるようになった。高校を出たらどうするのか、ということをめぐって、高校三年の夏に、母と娘は話し合った。「会社に入って働いて、世のなかを知ってほしいのよ。あなたが高校を出て会社にお勤め。私の夢なのよ。ひとつだけ条件をつけるなら、丸の内にある会社がいいわね」母親が娘に望んだのは、そのようなことだった。

美少女は優秀な成績で高校を卒業した。卒業式では総代で答辞を読んだ。名を言えば誰でも知っている商社に就職し、秘書課に配属された。会社は丸の内にあり、下高井戸の自宅から丸の内まで、村上由起子は通勤することとなった。調理師の試験を受けて合格した。これで食堂は私がいつでも引き継げる、と由起子は言い、母親はそれを受けとめて喜んだ。村瀬俊介は大学生となり、ときたま食堂へ食べにいくと、そこにはいつも由起子の母親がいた。今日は俊ちゃんが来たわよ、などと母親は娘に伝えるのだろう、ほとんどいつも次の日に由起子は村瀬に電話をかけ、土曜あるいは日曜にどこかで会うこともあるという、つかず離れずの関係が続いた。

その由起子から真剣な相談を持ちかけられる、という初めての体験を村瀬がしたのは、二十五歳のときだった。由起子とはおなじ年齢だが、村瀬は大学を出て三年目であり、卒業と同時に就職した会社はとっくに辞め、フリーランスの書き手として、さまざまな雑誌に文章を書く仕事で多忙だった。高校では同級だった、というだけではないつながりが、たとえば食堂を共通の場として、ふたりのあいだに多少はあった。相談の相手として、村瀬は手頃だった。

「母が相手だと、結論はすぐに出てしまうのよ。母の結論、つまり、母が私に望んでること。でも、いまの私には、それこそが問題なので、話をしてみる相手として、あなたしかいないのよ」

初夏の土曜日、午後、新宿のフルーツパーラで、丸い小さな白いテーブルをあいだにはさんで、ふたりは話をした。

「私は母が二十三歳のときの娘なのよ」

「その年齢を、きみはもう越えてるわけだ」

「おかげさまよ。そして私はいま二十五歳だから、母は四十八なのね。まだ若いけれど、五十歳になったら少しは楽にしてあげたい、というのが私のかねてよりの願望なの」

「あと二年」

「二年なんて、あっと言う間でしょう。ないも同然なのよ」

「そのとおりかな」

「そのとおりよ」

「決断のときかな」

「なんの決断なの？」

「いろいろと。社内で降っては湧いて来る見合いの話を、どうすればいいかとか」

「母が求めているのは、確かな見合いをしておたがいに気に入って、サラリーマンの奥さんになることなのね。家庭を守って子供を育てる、というようなこと」

「そして村上由起子は、それが嫌なのか」

という村瀬の質問に、

「嫌よ」

と、由起子は答えた。

「母を少しでも楽にさせてあげるためには、私が食堂を引き継ぐほかないのよ」

「その時が迫って来たのか」

「早いほうがいいでしょう」

「そうだね」

「結婚しろ、と母は言うのよ。家庭に入ってもらえれば私も安心、というのが母の口癖」

「なぜ安心なのだろうね」

「かたちがきまるからでしょう」

「なるほど」

「店はなんとかなるし、私はまだ若いわよ、とも言うのだけど、なんとかなる、というだけではなんの解決にもならないわ」

「どうしたものか」

「どうしましょう」

「結婚はしたくないのか」

「したくないわ」

「では、社内できみに持ち込まれる見合いの話は、断り続けるほかない」

「そうね」

というような話をしてからちょうど一年後、おなじ初夏の土曜日の午前中、村瀬のところに由起子から電話があった。相談したいことがあるからどこかで会えないか、ということだった。下北沢の喫茶店でふたりは会った。相談したいことがある、と電話で由起子は言ったけれど、決断はすでに下されていたから、相談ではなく事後の報告だった。話の始まりは、いまの彼の仕事についてだった。

「経済的には、どうなの？」

と、由起子は訊いた。

「おなじ年齢のサラリーマンの給料の、少なくとも三倍、普通で五倍くらいかな。もっといくかもしれない。ただし、一定はしないよ。自分で大きく増やせるものではないし、書く能力という限界だってある。それに、これはあいつに書かせよう、と編集者が考えて依頼してくれて、初めて成立する仕事だし」

「自分から提案はしないの？」

「もちろん、そのかたちもあるよ」

「このまま続けるの？」

「いまこの段階にある自分の仕事として、ちょうど釣り合ってはいると思うけれど、ずっと続く、というものでもない」

「なぜ？」

「このまま続くわけがない、と思うから。僕の能力の問題ではなく、時代として、あるいは、世のなかとして。過渡期の仕事だと思う。だからその過渡期を過ぎても、どこか慣れた片隅でそこの仕事を続けることは出来るかもしれないけれど、それはしたくない。二十四、五歳の頃にはまったく思いもしなかったことだけれど、いまは思うね。いまこの段階での自分、ということを」

「では、その次の段階の自分は、なになの？」

という由起子の当然の質問に、

「このままいけば小説しかない」

と、村瀬は答えた。

「ノン・フィクションや評論の人ではないようだし」

「小説を書きたいの？」

「書かざるを得ないから書く、という言いかたが、いちばん正しいような気がする。次の段階として、挑戦しなくてはいけないこと。そうとわかってるだけに、逃げたくはない。だから書く」

「作家になるの？」

「それしかない」

「だから、それをするのね」

「そうだね」

「よくわかるわ」

美貌の彼女からそのように同意されると、自分の言ったことがなにか特別なことのように思えた。

「いまの私も、そうなのよ」

と、由起子は言った。

「おたがいに、そのような状況にさしかかってるのね」

そのとおり、としか言いようはなかった。

「小説は、なにを書くの?」

当然の質問が由起子から出た。そしてそれは、もっとも答えにくい質問だった。少なくともいまは、村瀬に答はなかった。

「なにを書くのか、まったく見当もつかない」

という村瀬の言葉に、なぜか由起子は微笑した。

「書けるかどうかすら、わからない。しかし、なんとか書けるだろう、とは思う。書いたとして、それが面白いかどうか。いいところが充分にあるかどうか。本になるかどうか。続けて書いていくことが、果して出来るかどうか。なにひとつわからない」

由起子は微笑したままだった。そして、

「私は会社を辞めたのよ」

と言った。

「それはよかった」

「食堂に立つの。私が引き継ぎます。母は少しは楽になるわ」

「お母さんは賛成してくれたかい」

「賛成もなにもないのよ。私がそうきめたから、これからはそのような日々になるということ。でも母は、私が結婚することを、いまでも望んでるのよ。いよいよになったらあなたがもらってくれることになってる、と言っておいたわ。いけなかったかしら」

「繰り返し念を押しておいてくれ」

「私が引き継いでも、食堂の売り上げには変化はないはずなの。だから、いま私が会社でもらってる給料分を、どう稼ぐかということがあるのね。母が楽になることが、当面の利益なのだ、ととらえるほかないわね」

さらにしばらく話をしてから、ふたりは喫茶店を出た。由起子は自宅へ帰ると言った。彼女とともに下高井戸までいき、そこから引き返して来ることを、村瀬は思いついた。そしてそのとおりにした。下北沢の駅からふたりで井の頭線に乗り、明大前へと向かった。

「決意してあらためてわかるのは、食堂があってよかった、ということなのよ」

吊り革につかまった由起子は、村瀬に肩を寄せてそう言った。

「自分たちの手で食堂を営んで生活していく、という毎日を私は子供の頃から身近に見てきたし、食堂でいろんなことを手伝って、見よう見真似で覚えたことって、多いのよ。もしその食堂がなかったら、私はいろんなお見合いの話を天秤にかけて、そこからひとつ選んでサラリーマンと結婚して、うちのかみさんと呼ばれて。食堂で働いてる私と、サラリーマンのうちのかみさんをしてる私と、どっちがいいと思う?」

「前者にきまってる」

明大前でふたりは井の頭線を降り、京王線のプラットフォームへ歩いた。そこで下りの電車を待ちながら、

「母や私、そしてあなたも、生きていこうとしてるのね」

と、由起子は言った。

「今日や明日、そして明後日が次々にいくつも重なって、五年、十年と時間が経過して、それが人生になっていくのね」

ふたりは電車に乗り、下高井戸駅で降りた。そして駅を出て踏切の前でふたりは別れた。

3

一日の仕事を村瀬俊介は早めに終えた。初夏の日の午後はゆっくりと夕方へと変わりつつあった。気温は高いままだ。新宿から彼は京王線の電車に乗った。ラッシュ・アワーが始まる前だ。下高井戸の駅で降りて、駅から踏切の前へと出て来た。昨年のほぼおなじ季節に、会社を辞めて食堂を引き継ぐ話を、村瀬は下北沢の喫茶店で村上由起子から聞かされた。そのあとふたりで井の頭線に乗り、明大前で京王線に乗り換え、下高井戸までいっしょに来た。由起子と別れた踏切の前から、村瀬は彼女の食堂へと歩いた。

三丁目食堂へいくには、踏切から商店街を下っていけばそれでいい。由起子が食堂の人となって一年とちょっとだ。村瀬は何度か食事をしにいった。今日は久しぶりと言うならそうも言えた。食堂は営業していた。客席からすべてを見渡すことの出来るキチンに由起子が今日もいるのだと思うと、村瀬の胸のなかには、感銘と呼んでもいい感情が生まれた。それを確認しながらドアを開き、彼は食堂のなかに入った。由起子と手伝いの女性の声が、いらっしゃいませ、というひと言に重なった。

由起子は村瀬に顔を向けた。彼女は微笑し、カウンターの席を片手で示した。だから村瀬はそこにすわった。つばの長いまっ白な野球帽のようなキャップを、つばを頭のうしろにまわして、由起子はかぶっていた。そのつばのすぐ下に、ポニー・テイルのように束ねた髪があった。マドラスの半袖シャツが良く似合っていた。水のグラスを置いてくれる手と腕のかたち、そしてその動きが、いつものことながら素晴らしい、と村瀬は思った。

「仕事は早くに終わったの？」

由起子が訊いた。

うなずいた村瀬は、

「お腹が空いた」

と言った。

会社を辞めてこの食堂の厨房に立つようになってから、由起子の美貌を縁取る影はそのニュアンスを深めた、と村瀬は思っていた。その影を視線でたどろうとする彼に、由起子は言った。

「たまには来てくれるけど、あんまりあいだを空けないで」

民放ラジオ局のディレクター、川崎健二郎に聞かせたい、と村瀬は思った。由起子によるいまのような台詞を、川崎ならどのように解釈するか。「商社を辞めて食堂を継いだ彼女は、おまえにも飛び込んで来て欲しいんじゃないか」という川崎の言葉を、村瀬は思い起こした。目の前にいる由起子にその言葉を頭のなかで重ねて、彼は笑顔になった。

「楽しそうね」

と、由起子が言った。

「楽しいよ」

と、きわめて単純に答えるのと同時に、村瀬は思い出した。長いあいだ忘れていたことだ。川崎のラジオ局がある建物の喫茶店で、川崎を相手にこの村上由起子について語ったとき、なぜ自分はこのことを思い出さなかったのか。

村瀬と由起子がともに通った高等学校には、課外活動がいくつもあった。由起子は放送部に所属し、三年生のときには部長をしていた。校内放送の時間が定期的にあり、そのとき由起子は喋っていたではないか。昼休みにＬＰをかけながらおこなう彼女のＤＪも好評だった。おそらく彼女の好みなのだろう、グレン・ミラー楽団の曲がしばしばかかった。マイクロフォンの前で喋ることに関して、高校の校内放送とは言え、由起子には経験があるのだ。このことについて、川崎はなんと言うか。食事を終えたら外で赤電話を見つけ、川崎に電話をかけて伝えておく価値はあるのではないか。八時くらいまでなら川崎は残業で局にいるだろう。

今日はなにを食べようかと考えている村瀬の頭のなかの他の部分では、たったいま思い起こした川崎の台詞から始まった、由起子に関する空想が進展していた。彼女と夫婦になり、ふたりで食堂を営んだらどうか、などと川崎は言った。あまりあいだを空けずに来て、とさきほど由起子は言った。その言葉のとおり、あいだを空けずにここへ通って夕食を食べることを繰り返して一年も時間がたてば、自分と由起子との関係には、これまでとは少しだけ趣を異にしたような親しさが、加算されるのではないか。そうなってからの、夏の終わり、あるいは秋の始めの季節、食堂が定休の土曜日か日曜日の夕方、下北沢でも下高井戸でも、どこでもいいからふたりで歩きながら、結婚しようか、と自分が由起子に言う状況を、村瀬は想像のなかに描いてみた。

彼の目の前にいる由起子とはまったく別に、村瀬の想像のなかにもうひとりの由起子が、輪郭も明瞭に立ちあらわれた。そしてその由起子は、「結婚しようか」という彼の言葉に対して、目もと涼しく鼻筋もくっきりと、「弱気になったらいけないのよ」と、返答した。

高等学校で同級だった頃から現在まで、かなり親しい友人どうしの関係を、村瀬は由起子とのあいだに維持してきた。だから彼の記憶のなかには、現実の村上由起子が、いろんなかたちでさまざまに入り込み、そこに居ついている。現実の由起子はしたがって彼の記憶のなかにもいるのだが、その由起子とは別に、時間をかけて少しずつ造形されてきたはずの、現実の由起子とは基本的には関係のない、彼が想像のなかに創作した、彼だけの由起子が、たったいま、そしていま初めて、鮮明にその姿をあらわし、彼女の性格そのものとして、ほんのひと言だけだが、口もきいた。そのことが、そのひと言の内容とともに、彼にはこの上なくうれしかった。

だから村瀬の笑顔は、深まりつつなおも続き、それに対して由起子は、

「そんなに楽しそうなのは、なぜなの？」

と訊くこととなった。

あとがき

「野性時代」という雑誌の創刊号に「白い波の荒野へ」という短編を僕は書いた。これが僕にとっての小説によるデビューとなった。書いたのは一九七三年の秋であり、創刊号は次の年の五月号として刊行された。このデビュー作に関して、それから三十年以上が経過したいまでも不思議に思うのは、書いた当人である当時の僕の日常生活と、描かれたハワイの波乗りの物語とが、大きく乖離していることだ。大きくどころではなく、そのときの僕に可能な限り、限度いっぱいに、乖離している。そうしなければ書けなかったからそうなっているだけのことであり、したがって書いた当初はなんとも思わなかったのだが、それから二十年ほどの時間が経過した頃から、デビュー作を書いた当時の自分が身を置いていた日常の現実と、その自分が小説として書いた物語とのあいだに、なぜあれほどまでの乖離があったのか、不思議に思うようになった。そしてそれ以来、その思いはいまでも続いている。

思いは続いているけれど、なぜあれほどまでに乖離していたのか、その不思議に関しては、ほぼ回答を得ている。デビュー作以前に小説のようなものを書かなかったわけではないとして、自分の現実から思いっきり遠いところに自分の書く物語を設定しなければならなかった、という種類の緊張を体験したのは、デビュー作が初めてのことだった。その意味で、「白い波の荒野へ」という短編は、デビュー作にふさわしい。物語、ということのなかにすべての答えがある。物語を初めて本気で書くにあたり、締切りの最終段階まで追いつめられてついに、身のまわりの現実から可能な限り遠いところに物語の場を求めるという本能的な反応をすることによって、初心者の僕は物語というものの本質に忠実であろうとした。

少なくともそのくらいのことは僕にも出来たということになるが、三十年遅れで自分を正当化することに意味はなにひとつないし、僕は自分自身はどうでもいいと思っている。大事なのは物語なのだ。自分の現実から存分に遠かったとは言っても、遠ければそれでいいというものではない。これがなければ自分はたいそう困るという、切実さをきわめた近さが遠さに重なると、そこに物語の可能性が生まれてくる。

「白い波の荒野へ」を書いてから数年後、おなじ主人公たち、そしておなじ設定を使って、連作のように書き続けてみてはどうか、という提案をおなじ編集者から得た。僕は賛同し、何編かを連作のように書き、いずれも「野性時代」に掲載され、やがて一冊の本、『波乗りの島』となった。これを書いたことをめぐって、いまでも僕に体感のように残っている記憶は、一編ごとの物語が持つべきそのときどきの自分からの遠さを、意識的に作り出さなくてはいけなかった、という事実だ。デビュー作で思いっきり遠くへと物語を設定した僕は、それから数年ののちには、遠いところ、という助けを借りなくとも、物語を作ることが出来るようになっていたのだろうか、といまの僕は思う。近いところにも遠い物語があり得ることを、なんとなくではあれ、知るにいたっていたのだろうか。思いっきり遠いところとは、その物語を書く僕にとっての、切実な立ち位置だったのか。近くても遠くても、立ち位置の切実さにはなんら変わりはない。

デビュー作、そしてそれ以後の物語を書いたのは、当時という現在を生きていた僕だが、その僕によって書かれた物語とは、いったいなになのか。僕がひとりで考えて書いたのだから、僕の頭のなかにすでに存在していたものが、短編小説というかたちへと整えられて外面化したものであることは、間違いない。ではそれは、そのときの僕にとっての、過去や記憶だったのか。過去や記憶を整えなおして一編の物語を生み出す営みのぜんたいが、そのときの僕の現実に貼りついていた、想像上の、あるいは観念上の、もうひとつの現実だったと言っていいのか。

「白い波の荒野へ」という第一作は、自ら書こうと思って書いたのではなかった。「野性時代」を創刊した人が、きみはこの雑誌に小説を書けと、きわめて真摯に、しかも強力に勧めてくれたからだ。なかなか書かない僕に対して、その人の勧めは肯定的な意味で命令となり、肯定の度合いをさらに強めて、脅しのようになった。そうなったら僕としても書かないわけにはいかない。書くためには、すでに説明してきたとおり、出来るだけ遠いところに物語を設定する必要があった。そしてその遠さは、そのときの自分にとって適切な遠さだったのだろう、そしてそれゆえに、僕は夢中になってその短編を書いた。夢中になりながら小説へと整えなおす自らの過去や記憶とは、いったいなになのか。

小説を書くとは、どういうことなのだろうか。登場する人たちの関係とその推移や変化を、言葉による模型のように作っていくことか。物語のなかにあらわれる人たちを、小説の作者はコントロールしたいのだろうか。ストーリーのすべてを作者は自分で作っていく。そこに登場する人たち全員の性格や言葉、アクションなど、なにからなにまで自分ひとりで作ることが出来る。良く書けた小説とは、作者による人物たちのコントロールが、うまくいった場合のことか。書こうとしたものがうまく書けた場合とは、書くことにかかわるすべてのコントロールが、うまくいった場合だ。だから作者はすべてをコントロールしようとしているし、それはあたりまえのことだろう。

小説を書くとき、コントロール願望をどのくらい発揮してますか、と自分が問われたら、さあ、どうかなあ、としか僕には答えられない。仮にコントロール願望があるとして、そしてその願望がうまく発揮された結果、良く書けた小説が生まれたとして、ではその良く書けた小説とは、いったいなになのか。あれは自分でも良く出来たと思う、と言える小説は僕にもあるけれど、ぜんたいの半分は出来そこないだと僕は判断している。出来そこないとは、物語を支える論理はあるものの、それのための筋道が充分には出来ていない、というようなことだろうか。筋道がないことには、いくら論理が用意されていても、その発揮のしようがないではないか。筋道とはなにか。小説は筋、音楽はメロディ、と僕にお説教した人がいたが、その人が言った「筋」とは、いま僕が言っているような、論理のための筋道と、おなじようなものなのだろうか、それとも、いわゆる起承転結や単なる盛り上がりなどを意味するのだろうか。

小説を書く、ということのなかには、切実な感じが確実にある、と僕は思う。誰にとっての切実さかと言えば、書く当人である作者にとっての切実さであることは、言うまでもないだろう。切実だからこそ書く。おそらくそうだろう。なにが、どのように、切実なのか。一般的に言って切実さとは、ないものがぜひ欲しい、ない部分をなんとか埋めたい、そうなってはいないものをそうしたい、というようなことではないか。ない、という状態と、ないものであるそれを望む気持ちが重なり合ってある程度まで高まると、そこには切実さが生まれるはずだ。ないからそれを望む。ではいったい、なにがないのか。望んではいるけれどそれはどこにもないから、そのことに対して不足や不満、さらには欠落感などを、当人は感じているのか。

これを書きたい、と切実に思うからこそ、書く。そう思うからには、それは少なくとも当人には、ないのではないか。その切実さと均衡がとれるほどにうまく書けた小説によって、書いた当人はなにを手にするのか。発表されて活字になった短編、あるいはいきなり本になった長編などを手にして、それでおしまいだろうか。こういう物語を自分は書くことが出来るかどうかやってみよう、という考えのもとに、自分で自分にしかけるゲームのような感覚で、僕は小説を書き始めることが多い。ほんの小さな短編ひとつにしろ、それを書くにあたっては、言葉に託し得る感覚のすべてが動員される態勢にある。なんらかのかたちですでに僕のなかにあるものすべてが、書き始めていく小説のために使われる。ほんの少ししか使われなくとも、僕の過去のぜんたいが、その小説のうしろだてとなった事実は、なんら変化しない。書きおおせた小説とは、小説へと整理し直された自分の過去なのだ。書いた物語は、自分の物語だ。それを読む人は、なにを読むのか。読む人の物語を読む。幸せな読者の場合は、そのようにして作者と水平に対等につながれる。

僕が自分で書く小説の主たる材料は、僕のなかにある記憶だ。自分自身はまったくその小説のなかに登場しなくとも、材料は自分の記憶だ。自分が持っている記憶、つまりそのときそこまでの自分のすべてを、僕は小説のために使っている。記憶を呼び起こしてはそのとおりに言葉で紡いでいくと小説になる、というような意味ではなく、自分が書く小説のための根源的な力のようなものとして、自分の記憶の総体が機能している、という意味だ。小説を書くことをとおして、自分の記憶をある種の力として、僕は更新する。なんとか書きおおせた小説によって、組み直され新たに充電され直された記憶を、僕は手に入れている。

小説を書こうとしている自分、という主題でかつて僕はいくつかの小説を書いた。小説を書く人である自分が、次の作品を書こうとしているその当人を主題にして、小説を書く。自分がやがて書く小説について考え始めている自分。その小説をいよいよ書こうとしている自分。その小説を途中まで書き進めている自分。いろんな自分があり得るし、自分ではなくて別な人でもいい。

ここにあるこの短編集では、ほどなく自分は小説を書かなくてはいけないのだろうな、と思い始めている二十代の青年が、四つあるどの短編においても、主題を担う人となっている。大学を出て勤めた会社はとっくに辞め、フリーランスの書き手としていろんな雑誌にいろんな文章を書いている。いろんな文章とは言っても、これはあいつなら書けるだろう、と思った編集者が依頼してくれる種類のものだから、四人の青年たちの誰もが、さほど無理することなく注文に応じることが出来ている。したがって、フリーランスの書き手としての日常を維持することが、可能となる。時代の背景は一九六〇年代のなかばから後半にかけてだ。かつてその時代におなじような状況にあった僕自身と、彼ら四人はかなりのところまで重なり合う。重なり合うとは言え、彼ら四人の誰もが、僕自身ではない。かつての自分を言葉で再現して、それが物語になり得るとは、僕にはとうてい思えない。四つの短編のなかの四人の青年たちは、ずっと昔どこかで会ったことがあるような気がする、という程度には自分だが、それ以外においてはまるで自分ではない。

小説を書く人、あるいは、これから書こうとしている人などは、その人じたいが小説なのではないか、という仮説のようなところからこの短編集のなかの短編は出発している。四人の主人公の誰もが僕ではない事実は、小説を書かなくてはいけないのかな、などと思い始めていた頃の僕が思ってもみなかったこと、まるで気づきもしなかったことなどを、彼ら四人がそれぞれに手に入れる様子を物語にしていく可能性とつながることによって、おそらくは唯一の肯定的な意味を持つ。小説を書く自分というものを、ぼんやりとではあるけれど頭のなかに思い描き始めた頃の自分は、じつはこうだったのだ、こうありたかったのだ、きっとこうだったはずだ、などとするために四人の物語を作ったのではなく、まったくその反対に、彼らが考えたようなことを僕自身は一度たりとも考えたことがなかった、という事実の記憶をより鮮明にさせるために、僕はこの四人の物語を書いた。かつての自分自身をめぐる記憶を、改変したり作り変えたりするためではなく、記憶の輪郭をより明確にするため、曇り始めているところをいまいちど新たにくっきりと晴れさせるために、記憶というものの自分に対する力を更新するために、かつての僕自身とは対極にあると言っていい四人の青年たちそれぞれの、小説へと向かう物語を僕は書いた。

いろんな雑誌にいろんな文章を書いている四人の青年たちは、さまざまな編集者たちとつきあっている。雑誌の編集長だと、彼らよりも十歳から十五歳くらいは年上になるだろうか。年長の人たちが彼ら青年たちのこれからについて思うとき、その思いは、きみもこれから大変だねえ、というようなひと言になるのではないか。いまの僕なら、きみは幸せだ、と言いたい。これから小説を書くかもしれないと言っても、ほんとに書くかどうか定かではないし、書こうと思っても書けない可能性は充分にある。たとえ書いたとしてもそれがどうなるのか、確かなことはなにひとつなく、なにを書くのかそれすらはっきりしていないままに、小説を書くという営みのなかへと、最初の一歩を踏み入れようとする状態にある彼らは、ほどなく物語を書くことに夢中になるかもしれないという可能性なら、存分に持ち合わせている。これを超える幸せはないだろうという思いのなかから、『青年の完璧な幸福』という題名は生まれた。

二〇〇七年五月十五日

片岡義男

「アイスキャンディは小説になるか」「美しき他者」「かつて酒場にいた女」の三編は、二〇〇五年から二〇〇七年にかけて「Coyote」に連載した「廃墟の明くる日」、および「SWITCH」二〇〇五年四月号所収「美しき他者」を再構成し、大幅に加筆しました。

「三丁目に食堂がある」は書き下ろしです。

片岡義男（かたおか・よしお）

1940年東京生まれ。早稲田大学在学中よりコラムの執筆や翻訳をはじめ、74年「白い波の荒野へ」で作家デビューを果たす。翌年に発表した「スローなブギにしてくれ」で野性時代新人賞を受賞。以降、小説、評論、エッセイ、翻訳などの作家活動のほかに写真家としても活躍し、数多くの著書がある。

青年の完璧な幸福　片岡義男短編小説集

2007年7月19日　第1刷発行

著　者　片岡義男
発行者　新井敏記
発行所　株式会社スイッチ・パブリッシング
〒106-0031　東京都港区西麻布2-21-28
電話　03-5485-1321（代表）
http://www.switch-pub.co.jp

印刷・製本　株式会社精興社

落丁・乱丁本はお取り替えいたします。

本書へのご感想は、info@switch-pub.co.jp にお寄せください。
ISBN978-4-88418-280-9　C0093　Printed in Japan